집 안에서도 집 밖에서도

잘 지낼 수 있는 우리가 되어요.

2019. 장혜현

집에만 있긴 싫고

집에만 있긴 싫고

장혜현 에세이

들어서며

삶의 안과 밖 혹은 그 중간 어디쯤에서 부유하는 나. 그리고
그곳에 존재하는 조금 탁한 시간들. 인생을 길게 본다면, 이런
시간은 역시 있어야 한다고 생각합니다. 너무 분명한 건 사람
을 지치게 하고 너무 어두운 건 마음을 닳게 하니까요.

이 책의 첫 장을 쓰면서 가장 염두에 둔 단어는 '도망'이었습
니다. 저는 항상 어디론가 도망가고 싶어 하는 사람이었어요.
지금까지 쓴 글들로부터도, '감동을 주겠다', '울림을 주겠다'
라는 마음에서도 멀리 달아나고 싶었습니다.

"무슨 말을 하고 싶은 거야. 작가가 책임감이 없네."

어쩌면 이 책을 읽고 난 후, 이렇게 생각하실지도 모르겠습
니다. 그럼 저는 그렇다면 전해질 것은 잘 전해졌다, 라고 생각
할 거예요. 또 책임감 없이 말이죠.

동전의 양면과도 같은 삶의 안과 밖, 집이라는 테마, 시간이란 모호한 이야기가 모여. 비누처럼 당신의 손에서 마음 안으로 미끄러져 들어가기를 그곳으로 제가 도망갈 수 있기를 바라봅니다.

십구 년, 봄
장혜현 드림

부유

귀환

V 과거에 대하여

VI 현재에 대하여

"나 여행 가기로 했어."

이 말을 들으면 제일 먼저 부럽다, 라는 말이 튀어나온다. 방금 막 여행에서 돌아왔는데도. 왜 그럴까?

물론 사람들 대부분은 여행 가는 걸 좋아한다. 여행 중에는 대개 삶이 충분하다 여겨지니깐.

하지만 생각해보면 꼭 여행이 삶을 풍요롭게 만들어 주는 건 아니다. 시차의 영향으로 불면증이 생겨 괴롭고, 여행지가 열대 지방이면 폭염에, 고산 지대라면 두통과 치통에 시달려야 하며 같이 간 친구와 십 년을 알고 지냈어도 반나절 만에 돈독함이 와르르 무너져버리는 것 또한 여행이다.

늘 이런저런 위험이 도사리고 있는 여행의 이면을 나는 대체로 보려 하지 않는다.

예전에 우리 아빠는 엄마가 정성껏 차려놓은 밥상을 가장 맛있게 먹고는 꼭 마지막에 "아, 물이 제일 맛있다"라고 말해 엄마의 등짝 스매싱을 불렀다. 그런데 요즘은 이런 아빠의 마음을 알 것도 같다.

여행을 마치고 집으로 돌아오자마자 나는 침대에 대자로 뻗어 아저씨 같은 걸걸한 목소리로 "아, 집이 최고다"라고 한숨처럼 뱉어버린다. 그럼 엄마는 옆에서 그러면서 왜 자꾸 떠나는 거냐며, 나무라고 싶은 표정으로 나를 본다.

그럼에도 여전히 여행을 떠나려는 이.

그들의 뒷모습에 묻어있는 필사적인 안도감을 보며 나는 또다시 우와 부럽다, 라는 말이 튀어나와 버린다.

출발

I. 말캉한 죽음에 대하여

1/   안내방송

"마지막으로 양쪽 고무관을 후-후- 불어주십시오. 보다 자세한 사항은 앞좌석 안내 책자에 기재되어있으니 참고 부탁드립니다. 이 비행기는 인천 국제공항을 출발해 파리 샤를 드골……."

기내 안내 방송에 맞춰 정확히 손동작을 움직이는 승무원을 바라보며 '과연 저 설명을 쓸 일이 있을까, 저렇게 열심히 설명하는데 추락하는 게 이득이지 아닐까?'라고 뾰로통하게 생각하다가 '만약 백만 분의 일에 확률로 저 고무관 사용권에 당첨된다면?' 이내 여기까지 번지자 그만 피곤해져 고개를 돌리고 바지 주머니에서 휴대전화를 꺼냈다.

－비가 오네. 항상 조심하고, 잘 다녀와라.

아침에 엄마가 보낸 메시지 아래다가 도착하면 연락하겠다는 답장을 덧붙였다. 그리고는 휴대전화 옆 버튼을 눌러 전원을 껐다. 어두워진 화면 위로 내 얼굴이 부옇게 비친다.

착한 우리 엄마는 이번에도 딸의 분방한 삶을 이해해 주었다. 서른도 넘은 미혼의 딸이 이런 삶을 사는 것에 대해. "뭐 네가 알아서 잘하겠지. 걱정해봐야 별도리도 없고……." 이해 보다는 포기에 가까운 표현이었지만, 나는 그것마저도 고맙고 애달팠다. 때마침 활주로 끝에서 준비를 마친 비행기가 파리를 향해 이륙한다. 그리고 그때,

"엄마, 출발해요!"

옆자리에 앉은 남자아이가 비행기 날아오르는 걸 보고 싶은지 연신 내 쪽(엄밀히는 창가 쪽)으로 몸을 디밀었다. 그런데 아이 몸에 채워진 안전벨트가 제약을 줘 그 모습이 꼭 목욕하기 싫다고 버둥거리는 우리 집 강아지 같았다.

"응, 이제 비행기가 하늘로 올라갈 거야."

"우와, 그럼 진짜 하늘나라에 가는 거예요?"

"그렇지! 구름 마을도 구경하고."

"신난다."

옆자리에 앉은 여자는 눈꼬리를 살짝 내리며 내게 죄송하다는 표정을 지어 보였다. 나는 어정쩡하게 웃으며 괜찮다고 답을 했다. 둘은 얼핏 봐도 모자지간인 게 확실할 만큼 눈매가 닮아 있었다. 여전히 창밖을 뚫어지게 보고 있던 아이는 아까보

다 얼굴이 더욱 빨갛게 상기되었다. 순간 이 모든 게 이미 경험한 일처럼 묘한 기시감이 들었다.

나는 그만 기분이 이상해져 그들에게 시선을 떼고는 창밖으로 고개를 돌렸다. 아이 엄마의 말대로 하늘나라를 향해 속력을 내고 있는 비행기 날개가 보인다. 그러자,

'아 맞다. 내가 비행기를 처음 탔던 날도 이랬지.'

날개 끝으로 그날의 기억이 대롱대롱 매달려있었다. 너무 오랜만에 만난 기억이라 나도 모르게 '안녕'하고 인사까지 할 뻔했다. 그러자 내 마음을 어지럽힌 기시감의 정체도 알 것 같았다.

그날은 하루가 늦게 가 주었으면, 아니 영원히 계속되었으면 좋겠다고 신께 기도할 정도로 신이 났으니까 마치 저 아이처럼.

*

당시 아빠는 큰 수술을 마치고 몸이 회복되어 가던 무렵이었다. 아니 그렇게 알고 있었다. 엄마는 그날따라 유난히 기분 좋아 보이는 얼굴로,

"열심히 투병생활을 마친 기특한 아빠에게 엄마가 특별 선물을 준비했어."

라고 말했다. 아빠 역시 고개를 끄덕이며 "엄마 말이 맞아.

아빠 선물 받을 자격이 있어"라고 엄마 말에 동의했다.

"너희들도 아빠를 잘 간호해줬으니 특별히 데려가 줄게!"

라고 엄마가 말할 때 즈음엔 이미 동생과 나는 분홍색 배낭에 잠옷과 머리띠, 칫솔과 인형을 마구마구 넣고 있었다.

"어허. 거기 둘, 인형은 빼야지."

엄마가 엄한 선생님 흉내를 냈지만, 동생과 나는 그것마저도 재미있어 키득키득 웃었다. 그렇게 초등학교 삼학년 여름방학이던 어느 날, 나는 태어나 처음으로 비행기란 걸 타보았다.

우리 가족이 손을 잡고 도착한 곳은 중국의 상하이라는 곳이었다. 멋진 식당에서 밥을 먹고, 작은 상점들이 즐비하던 거리에서 알록달록한 색깔의 공책도 사고, 세계에서 가장 크다는 빌딩에 올라가 모든 것이 반짝거리던 밤도 보았다.

그리고 가능하다면 내내 이곳에서 살고 싶었다. 딱히 이곳이 좋았다기보다는 여기에서만 있던 우리 가족의 행복한 에너지가 좋았다.

여기서 아빠는 건강했고, 엄마는 편안해 보였고, 동생은 무척 신이 났고 그냥 이 순간이 너무나도 좋아 '하느님, 앞으로 이보다 더 큰 행복은 필요 없으니 부디 이 시간이 오래오래 계속되게 해주세요'라고 두 손 모아 신께 빌었었다.

하지만 이제 와 돌이켜보면, 어린아이의 눈에도 이 행복한 기운은 언제 사라져도 이상하지 않을 만큼 작고 희미하게 보였는지도 모르겠다.

"십 년도 넘었는데……."

그날의 기분을 이토록 선명하게 기억하는 나에게 문득 서글 픔을 느꼈다. 윤곽도 감촉도 없는 기억이 어쩜 이리도 또렷하 게 내 안에 남아 있는 걸까?

그 여행 이후 우리 가족은 더욱 산산이 부서졌다. 아빠의 상 태는 급격히 나빠져 다시 입원해야 했고, 오래 병원에 머물다 가 이렇게 비행기를 타야지만 볼 수 있는 먼 곳으로 혼자 여행 을 떠났다.

그리고 아빠의 죽음을 기점으로 내 인생은 급격히 우울해졌 다. 아빠의 적당한 시기를 외면한 것 같아 그날만 떠올리면 슬 프고 또 슬펐다. 그러다 혹 그냥 잊어버렸으면 했는지도….

옆을 보니 아이는 어느새 엄마 팔에 기대어 잠을 자고 있었 다. 정말 꿈속에서 구름 마을을 여행 중인지 얼굴에 작은 미소 를 걸고서는. 그 모습을 가만히 바라보던 엄마도 살며시 눈을 감는다.

보이진 않지만, 지금 내 눈엔 아마 질투가 머물러 있을 것이 다. 그런데 어쩐지 이 아이를 계속해 질투하고 싶었다. 나는 아 주 오랜만에 두 손을 모으고 신께 빌어 보았다.

"이 아이의 오늘을 지켜주세요. 오랜 시간이 지나 꺼내 본 오 늘도 분명 아름다울 수 있게 해주세요."

아빠, 나는 아직도 그날을 안고 살아요. 이렇게 서늘하게 변해버린 기억을 등에 멘 채 다시 지상에 발을 내디디며요.

현실 속으로 걸어가야 하는데 과거에 붙잡히지는 않을까, 발이 묶이지는 않을까? 벌써부터 걱정이 앞서요.
아무래도 나는 그때 제대로 행복하지 못했었나 봐.

그렇지만 아빠, 행복하지 않은 기억이라도 좋으니 무서운 유령으로라도 좋으니까 내 앞에 나타나줘요. 보고 싶어요.

2/ 꿈의 바깥

꿈속에서 친구가 보조석에 있던 나에게 운전대를 맡기고는 차에서 내려 어디론가 뛰어가 버렸다. 이제 막 파란불이 들어온 사 차선 도로 한복판에서.

"망할, 얼른 운전대 잡고 썩 꺼지지 못해?"

뒤에서 소리치는 차체들 덕분에 친구에 대한 원망도 못 한 채 곧바로 보조석에서 내려 운전석에 올랐고, 핸들을 잡으며 내비게이션에게 물었다.

"우리 이제 어디로 가야 해?"

물론 애나 나나 어디로 가고 있었는지 잊은 지 오래다. 다시 경적을 울리며 으르렁거리는 차들. 에라, 모르겠다. 나는 일단 드라이브에 기어를 넣고 오른발에 힘을 줘 급하게 액셀을 밟았다.

부웅. 성난 소리와 함께 곧바로 핸들을 꺾어 오른쪽에 보이는 인터체인지로 재빨리 사라졌다. 정말 차보다 내가 먼저 사라지고 싶었다.

얼마나 지났을까.

사이드미러를 보니 뒤따라오는 차가 없어, 나는 땀에 젖은 손을 번갈아 바지 위로 닦으며 작게 숨을 내쉬었다. 그렇게 잠시 안심한 틈을 타 이번엔 내비게이션이 "더 이상 길이 없습니다." 앙큼하게 한마디 던진 뒤 내게 작별을 고했다.

"이런 배신자! 나 혼자 어떡하라고!"

쌓아둔 울분이 폭죽처럼 펑펑 터져 나왔다. 손바닥으로 핸들을 세차게 내리치며 욕을 했다. 울먹이는 목소리가 내 귀에도 무척 절박하게 들렸다.

이대로 안 되겠다 싶어 갓길에 차를 세우고는 조심스럽게 내렸다. 주위를 둘러보니 있는 거라곤 어둠 하나였다. 내비게이션조차 위치를 알지 못하는 이곳은 과연 어디일까? 사방이 캄캄하니 꼭 길이 아닌 공간처럼 느껴졌다. 흡사 밀실 같은 이곳에 갇혀있다는 생각이 들자, 갑자기 뱃속에서 스멀스멀 공포감이 올라왔고, 곧 땀인지 눈물인지 모를 것이 얼굴 위로 떨어져 내렸다. 심장도 잔뜩 겁을 먹고는 제발 이곳을 벗어나게 해달라며 계속해 쿵쾅댔다.

"도와주세요! 아무도 없어요? 살려주세요!"

한참을 실려달라고 목이 쉬어라 외치니 왼쪽에서 작은 점 하나가 보였다. 보였으니 어둠은 아니다. 어둠 속에서 저렇게 선명히 존재를 나타낼 수 있는 건 그래 빛이다! 헤드라이트다! 사람이야! 나는 양손을 높이 들고는 손을 휘휘 저으며 더 크게 소리쳤다.

　"여기요! 여기! 도와주세요."

　끽 - .

　일순간 헤드라이트가 얼굴을 강하게 비춰 나도 모르게 눈을 꽉 감았다. 헤드라이트가 꺼지고 차 문이 열리는 소리에 서서히 눈을 떠보니, 내린 사람은 다름 아닌 아빠였다.

　"아빠?"

　아빠 얼굴을 보자 이제 살았다는 생각이 가장 먼저 스쳤다. 재빨리 아빠에게 달려가 안겨 울고 불며 소리쳤다.

　"왜! 왜 이제 왔어."

　"무서웠지? 미안해. 아빠가 늦어서 미안해."

　"빨리 집에 가자. 빨리."

　"그래. 얼른 집에 가자."

　아빠는 내 손을 잡고 천천히 자신이 내린 차 쪽으로 가 문을 열어주고는 내가 타는 걸 지켜보다가 다시 운전석으로 향했다.

　차 안이 유독 환하게 느껴졌다. '그런데 아빠는 돌아가는 길을 아는 걸까?' 생각을 멈추듯 운전석 문이 열렸다. 그런데 아빠는 곧장 타지 않고 나를 가만히 바라보았다.

"뭐 해? 빨리 타."

"사랑한다. 우리 딸."

그다음은 너무도 순식간에 벌어졌다. 아빠는 몸을 숙이고 손으론 클랙슨을 꽉 눌렀다. 나는 반사적으로 두 손으로 귀를 막고 눈을 꽉 감았다.

……어? 그런데 아무런 소리도 들리지 않는다. 차가 출발했다는 건 눈을 감고 있어도 알 수 있었지만, 왜 그런지 눈을 뜨기가 두려웠다.

가늘게 눈을 떠보니 예상했던 대로 아빠는 운전석에 없었고, 뒤돌아본 그곳엔 아빠가 홀로 서 희부연 한 안개 속으로 사라지고 있었다.

"안 돼!"

소리치며 번쩍 눈을 떴다. 나는 파리의 어느 살풍경한 호스텔 철제 침대 위에 있었다. 멍하니 눈을 두어 번 깜박였다. 어디서부터가 꿈이고 대체 어디까지가 현실인지 쉽게 판단이 서질 않았다.

동행자 없이 오롯이 혼자 이곳 파리에 왔다. 며칠 동안 날씨가 흐려 글도 잘 써지지 않았다. 그러다 보니 일주일 넘게 호스텔에서만 시간을 보내며 게으름을 생산 중이었다. 괜스레 불안해져 책도 잘 읽히지 않았다. 그렇게 한 페이지도 빛을 보지 못한 책들은 캐리어 안에 갇혀 억울하다고 아우성 중이었다.

이런 엿 같은 기분을 보상이라도 해주려는지 꿈의 신은 야바

위문처럼 이 꿈 저 꿈 현란하게 섞어댔고, 그 덕에 시간을 잘 맞춰 편두통도 노크를 했다.

"아, 오늘도 밖에 나가긴 글렀구나."

그리고 무엇보다 '사랑한다 우리 딸'이라고 말하던 아빠의 목소리가 머릿속에서 떠나질 않았다. 생각하지 않으려 하면 할수록 목소린 더욱더 선명해졌다.

나는 결국 이곳에 와 처음으로 엄마에게 국제 전화를 걸었다. 지금 내 '안'과 연결해줄 유일한 하나였다. 파리와는 정확히 일곱 시간 차이가 나니 한국은 지금 저녁 여덟 시.

"여보세요."

역시 엄마의 목소리를 들으니 그만 내장들까지 안심을 한다. 전화를 하려고 했던 이유도 잊은 채 다짜고짜 괴성을 질렀다.

"엄마!"

"딸, 무슨 일이야."

여행을 가도 삼일에 한 번꼴로 '살아있습니다' 생사 여부만 남기곤 인사조차 없던 딸이 전화를 했을 때는 그만한 이유가 있을 거라 단박에 알아차린 것이다.

"별일 아니야……."

"별일 아닌 게 아닌데."

순간, 엄마가 이렇게 말해 혹시 내 얼굴이 보이는 건가? 싶어 주위를 두리번거렸다. 당연히 그럴 리 없겠지만 왜 그런지 마음만은 들킨 기분이었다.

"치."

"말해봐. 무슨 일 있어?"

엄마는 강아지에게 말을 걸 때와 비슷한 톤으로 내게 무슨 일인지 묻는다. 전화기 저편에 내가 아는 냄새와 소란이 어렴풋이 전해져왔다. 나는 전화기를 더욱 뺨에 가까이 대었다. 이렇게라도 더 느껴보려는 듯이.

"또 그 꿈을 꿨어. 여기 와서 계속 그래."

"……그건, 네가 아직 아빠의 죽음에 연연해하고 있기 때문이겠지?"

아뿔싸, 또 잊었다. 모든 일을 엄마도 똑같이 겪었는데 그걸 알면서도 나는 매번 잊어버리고 만다. 엄마야말로 여전히 말로 다 할 수 없는 슬픔을 안고서 곪은 채 살 텐데, 나는 번번이 내 손톱 밑에 가시가 제일 아프다며 떼를 쓴다.

"연연해하지 않는 법은 모르겠어……."

"연연해하지 말라는 말이 아니야, 거기서 하지 말라는 거야."

"……."

"거기 있는 건 여기 오면 없어. 그러니까 거기 있는 것들에게 집중해."

하지만 엄마는 또 이렇게 놀라우리만큼 강하다. 당연한 것일지 모르나 그것을 깨달을 때마다 난 어린아이처럼 안심한다.

"응."

"사랑한다. 우리 딸."

그날따라 엄마의 목소리는 꿈에서 들은 아빠의 목소리보다
더 비현실적이게 울렸지만, 아주 잠시 슬픔이 사라진 것도 같
았다.

꾹꾹

행복은 순간의 감정이어서
계속해 잡고 싶어
새겨진 잔상을 뒤적거렸는데

슬픔은 지속의 감정이어서
순간 떼어내 버리지 못하니 몸 안 깊숙이 숨어버려
떠올릴 때마다 심장 언저리가 꾹꾹 아파 왔다
순간이 기억이 되고 나서야 깨닫게 되었다

하지만 기억이 추억이 될 즈음에는
어쩌면 우리 이야기는 아름다울지도

3/   나쁜 기억의 편린

삼 년 전, 파리에서 그를 처음 만났다.

'한국 전통문화 특별 전시회'에 기획을 맡은 나는 미리 전시
장을 둘러보기 위해 파리에 출장을 가있던 차였다.

그는 돈이 많은 남자로 나이도 나보다 열 살 이상 많았다. 내
가 상대하던 클라이언트의 클라이언트였으니 위치 역시 나보
다 높았다.

나의 클라이언트는 한국인인 그를 멋진 선배라고 소개했다.
그래봐야 가정도 있고, 아이도 있고, 새로운 여자도 있었지만.
아무튼 그 멋진 선배는 파리에 있는 동안 내게 여러 번 밥을 사
주었다. 거절하지 못한 건 나의 위치 탓이었지만, 그 위치를 핑
계로 외로움은 한 스푼 정도 덜어낼 수 있었다.

또 몇 번인가 그의 차에 탔다. 내 위치가 몇 단계 높아진다

하더라도 절대 오를 수 없을 선명한 빨간색 스포츠카였다. 아이보리 색의 고급 가죽 시트 안에는 담뱃진 냄새가 녹진하게 배어 있었다.

그 선명한 빨간색 차를 타고 우리는 센 강 주위로 가 저녁을 함께 먹었다. 큰 창문으로 달빛을 가득 품은 밤 풍경이 한 폭의 그림처럼 걸려있던 고풍스러운 가게였다.

나는 그 가게 앞에서 "왠지 중세 시대부터 이 자리에 있었을 것 같아요"라며 감탄했다. 하지만 나의 감동은 여기까지였다.

그는 호화로운 데이트를 핑계로 내게 많은 것을 자랑하고 싶어 했다. 그가 취미로 한다는 주식, 파리에서 운영하고 있는 갤러리의 경영 방식, 자신의 우월함을 어필하는 데 꼭 필요한 배경 지식 등등.

내가 지루해 다른 주제로 돌리려 하면 그는 다시 자기와 어울리는 주제를 찾아와 자랑을 섞어가며 이야기를 늘어놓았다. 역시 부자들이란 듣기 능력은 결여되어있구나, 생각하면서 그냥 잠자코 들었다.

일주일간의 일정을 마치고 한국으로 돌아가기 이틀 전, 그가 갑자기 나에게 무엇을 좋아하느냐고 물었다. 질문의 의도는 모르겠지만 나에 대해 처음 질문한 것이어서 나는 내심 기뻤다.

딱히 좋아하는 것은 없지만 향수를 모으고 있어 파리의 유명하다는 향수 가게에 가볼 계획이라고 대답했다.

한국으로 돌아가기 전날도 나는 그와 밥을 함께 먹었다. 장소는 역시 그 레스토랑. 그가 유창한 불어로 주문을 하였다.

"Comme d'habitude! Pour elle aussi s'il te plaît."

불어는 몰라도 저번과 같은 메뉴가 나올 거란 건 알 수 있었다 주문을 들은 금빛 머리의 종업원과 눈이 마주쳤다. 나는 눈으로 동의한다고 답을 보냈다. 그러면서 속으로 그가 얼마나 남에게 머리를 쓰기 싫어하는지 가늠해 보았다.

"파리는 어땠어?"

그가 물었다.

"좋았어요."

나의 대답이 채 끝나기도 전에 그가 조그만 상자를 테이블 위로 꺼내 놓았다. 그리고는 씩 웃으며 그것을 내게 내밀었다.

상자 안에 담겨있던 건 다름 아닌 향수였다. 아이처럼 두 볼이 빨개져서는 한정판이라고 말했다. 나는 이 진부한 상황을 받아들일 자신이 없어 그냥 웃었다. 바보같이.

*

오늘도 그를 만나러 왔다. 삼 년 만에 다시 온 파리는 모든 게 그대로라 관광에 쓸 시간을 아껴주었다. 파리의 자비로운 풍경을 보고 있으면 왠지 시간은 써도 써도 계속해 채워지는 것 같았고, 그래서 저질러 본 일종의 범법행위였다. 그렇게 외로움을 가장하여 그에게 전화 걸었다.

그런데 멀리서 본 그는 혼자가 아니었다.

프랑스 영화에나 나올 법한 아리따운 금발 머리의 여자와 함께였다. 그녀는 아주 자연스러운 한국말로 "안녕하세요"라고 인사하고는 내 볼에 자신의 볼을 멋대로 가져다 대며 비쥬bisou 를 했다.

가족이 있는 사람이란 걸 알았는데도, 그런 게 이 사람과 만나는데 전혀 문제가 되지 않는다고 생각했는데도 그 순간, 스무 살 그 날처럼 다시 죄를 짓는 것 같은 음습한 기분이 온몸으로 빠르게 퍼져나갔다.

*

지금 생각해보면 대담하다고 해야 할지 뻔뻔하다고 해야 할지 그것도 아니면 살기 위해 어쩔 수 없는 선택이었다고 변명이라도 해야 할지…….

스무 살에 나는 아버지가 돌아가시고 무기력하게 있지 않으려 노력하던 날들이 이어지고 있었다. 그때 난 막 신입생 환영회를 마친 참이었고, 처음 본 사람들의 위로는 서툴고 장황스러웠으며 다들 날 보면 어쩔 줄 몰라 했다. 그래서 나는 그들에게 유독 밝게 웃어주었다.

가족들도 마찬가지였다. 서로의 속이 훤히 다 비치는데도 안보이는 척 웃었다.

"살려만 주면, 다 잊은 듯 살려고 했어."

엄마가 아빠를 땅에 묻던 날, 누구에게 말하는 건지 분명한 대상도 없이 외치던 그 날 아빠는 그렇게 고향 근처 뒷산에 묻혔다. 삼십 년 전에 묻힌 자신의 아버지 묘 옆이었다.

할아버지는 아빠가 스무 살 되는 해 간암으로 돌아가셨다고 한다. 무언가를 꿈꾸고 꽃피울 시기에 자신의 뿌리를 잃는다는 게 어떤 기분인지 아빠가 먼저 느껴봤으니, 나도 묻고 싶었다.

'알려줘요. 나는 이제 뿌리도 없이 이 불온한 땅 위에서 대체 어떤 꽃을 피워야 해요?'

내가 아저씨를 만난 것도 그맘때 즈음으로 아르바이트를 하던 어느 바에서였다. 사장님의 친구였고, 그 당시 그의 나이는 서른 살로 나보다 열 살이 많았다.

첫눈에 반했었다.

좋아하는 사람 옆에서는 왜 이리도 쉽게 눈물이 나오는지. 울지 못했던 게 아니라 울지 않았던 거란 걸 아저씨 옆에 있으니 알 수 있었다.

아저씨는 그런 나를 하루 종일 달랬다. 짜증난다는 기색 하나 없이. 아마 밤새 자지 말고 나를 지켜 달라 말해도 정말 그렇게 해줄 것만 같았다.

그런 아저씨 옆에 있으면 막 빨고 난 이불을 덮은 것처럼 포근했다. 그래서 더욱더 그의 품으로 파고들었다. 그리고 이 모든 건 내 입장에선 사랑을 넘어, 마치 시한부 인생을 앞둔 사람이 더 살아보고자 하는 일종의 치유 의지였다.

그날 레스토랑에서 그의 부인과 말간 아들을 보기 전까지.

'아저씨와 조금 늦게 만난 것뿐이야. 아내에게 주눅들 필요 없어'라며 지금까지 꽤나 뻔뻔하게 굴었는데도 그 순간은 세상 처음 본 수학 문제처럼 손이 나아가질 않았다. 그날 밤 집으로 돌아와 이불을 뒤집어쓰고는 제법 오래 울었다. "아등바등해 봐야 소용없어. 엉엉." 이러면서.

그 후로는 한 마디로 엉망진창이었다. 부서질 대로 부서져서 는 제정신으론 서 있기조차 힘든 날을 이어가다가 하루는 비틀 거리며 그의 집으로 갔다.

그날 내가 본 어두웠던 거실, 어둠 속에서도 선명하게 보이 던 가족사진, 삼십 분마다 처연하게 울리던 침대 위 괘종시계 그리고 그 침대 위에서 보냈던 밤, 모든 것을 기억한다.

그곳은 내가 처음 가본 바닥이었으니까. 태어나서 그토록 차 갑고 축축한 곳은 처음이었다. 하지만 어쩌면 아저씨와 내가 한 사랑은 처음부터 그런 곳에 있었는지도……

*

정신을 차리고 보니 내 앞에는 가정도 있고, 아이도 있는 남 자가 자신의 금발의 부인에게 키스를 하고 있었다. 그 모습을 보자 마음 한 편에 그때 아저씨를 잃어 다행이라는 생각이 들

있다.

뭐, 이제 와서 이런 말 하는 것도 우습지만 말이다.

절망 돌보기

나는 가끔 삶의 밖으로 나가
인생이 가져다준 절망에 대해
차분히 앉아 돌보는 시간을 갖는다.

물론 그런다고 이해가 되는 것도
움켜쥔 절망이 해결되는 것도 아니며
또다시 같은 창문에 계속해
부딪치는 파리처럼 행동하겠지만.

그 시간 동안, 고통 받고 무기력해진
나를 일으켜 세우지 못한다면,
삶의 톱니바퀴가 자꾸만
가고 싶지 않았던 곳과 이상하게 맞물려
죽음이란 원을 그리며 암흑을 향해
지름을 좁혀 나갈지도 모르니 말이다.

4/   죽음에 관하여

"탕, 탕……."

스위스 바젤[Basel]로 넘어왔을 때도 몇 번이나 그 소리가 들
리는 것 같았다. 경쾌하지만 구슬프게 울리던 총소리가. 그리
고 그 소리는 어느새 죽음이 네 근처까지 왔어 라고 말하는 누
군가의 속삭임처럼 들려 묘하게 생경한 느낌마저 들었다.

2015년 11월 13일 금요일.

앞서 말했듯이 나는 이유 없이 열흘 가까이를 파리의 한 호
스텔에 처박혀 있었는데, 그날 밤 이후로 이유까지 생겨 이제
는 이곳을 나갈 수 없는 상황에 놓이게 되었다. 이건 「11・13
파리 테러」를 직접 경험한 나의 이야기다.

파리는 테러 다음 날부터 거의 모든 식당과 주요 미술관 등 도시 전체가 휴업을 시작했다.

나는 두려워서 호스텔 밖으로 한 발짝도 나가지 못하고 승강기 벨 소리, 옆방 침대 소리, 성당의 종소리처럼 별것 아닌 소리에도 깜짝 놀라며 쿵쾅대는 심장을 움켜쥐어야 했다.

그러다 아침이면 조심스럽게 일층 공동 주방으로 내려가 텔레비전에서 흘러나오는 불어를 알아들으려 애썼다(불어는 숫자조차 몰랐으니 가망 없는 노력이었지만).

불어가 머릿속에 들어와 곧바로 여러 마리의 지렁이로 변해버리는 통에 머리가 지끈거릴 때쯤 프런트로 갔다. 그곳에서만 간신히 잡히는 와이파이로 찾아본 한국어 기사에는 현재까지 사망자는 백삼십 명, 부상자는 삼백 명 이상으로 추정된다는 것과 테러 총책임자가 아직 잡히지 않아 당국에서 총력을 기울여 찾고 있다는 것을 확인할 수 있었다.

"데엥-, 데엥-."

열두 시 정각을 알리는 근처 성당의 종소리에는 음산한 기운이 배어있었다. 하필 테러가 난 음식점과 한 블록 떨어진 곳에 호스텔을 잡은 내 탓이지만, 아직 이 나라를 빠져나가려면 이틀이나 더 남았단 사실은 견디기 어려웠다.

물론 오늘 관광은 포기했다. 이미 여기 와서 보낸 행복했던 날들은 물거품처럼 사라지고 없었다. 나는 진회색 니트 위로 빨간색 패딩 점퍼를 껴입으며 창문 밖으로 보이는 몽마르트 언덕을 바라보았다. 십일월에 파리가 이렇게 추울 줄 몰랐다. 한국에서 급하게 떠나왔기에 가져온 옷 대부분은 실내에서조차 따뜻하지 않았다. 아니면 이 나라에만 유독 진하게 감도는 스산함 때문인지도……

그러니 제발 오늘은 테러범이 잡히기를, 하고 바랐는데 정확히 그로부터 사흘 뒤, 테러의 총책임자가 벨기에에서 잡혔다는 소식을 스위스로 넘어와서야 겨우 들을 수 있었다.

스위스로 넘어오던 날, 나는 여러 애도의 물결을 보았다. 그런데 죽음에 슬퍼하는 광경치고는 어딘가 이상하게 활기차며 생기까지 넘쳤다.

레퓌블리크[Place de la République] 광장에서는 볼이 빨개진 어린 아이 옆에서 테러의 참혹함보다는 이해시키려 노력하는 관광객이 있었고, 파리 시민들은 얼음처럼 차가운 날씨에도 자전거 바구니에 꽃과 양초를 싣고선 광장으로 모여들었다. 그뿐만이 아니었다. 아마추어로 보이는 밴드는 이곳이 자신들의 공연장이라도 되는 듯 여러 악기를 펼쳐놓고는 마치 크리스마스 캐럴 같은 경쾌한 음악을 연주했다. 그리고 많은 사상자를 발생시킨 바타 클랑[Ba-ta-clan] 극장 앞에는 이런 문구가 적힌 팻말들로 가득했다.

"테러리스트들은 이것을 알아야 한다. 프랑스는 삶을 앗아간 사람들과 싸운다."

"물론 공포는 있지만, 용기도 함께 있다."

그 모습을 보자 돌연 죽음은 각자가 받아들이기 나름이라는 생각이 들었다. 저기 바닥에 쓰러져 죽어간 이가 나의 가족이 될 수도 있고, 동료가 될 수도 있고, 혹은 내가 될 수도 있었다고 생각하면 물론 삶이 다시 허무해지고, 살아있어 다행이라고 생각할지도 모르나.

죽음에 대한 공포는 위험에 처해있던 사람이 아니라 죽음을 똑바로 마주하지 않고 피해버린 자들의 몫이 아닐까?

백서른 한 명을 죽여 놓고도 살겠다며 버둥거린 테러의 총책임자처럼 말이다.

그런 생각을 하자 스산했던 파리의 모습과 으스스하게 추웠던 날씨까지 모두 어디론가 증발한 것처럼 평온해졌다.

그리고 그날 이후, 나는 자연스럽게 죽음에 대해 체념할 수 있게 되었다.

죽음은 눈 깜짝할 사이 내 앞에 와 인사를 건넬 수도, 그보다 더 짧은 순간에 소중한 사람을 데려갈 수도 있지만, 죽음 앞에서 움츠러든다면 인생을 능동적으로 살기는 어려울 테니까, '살아있어 다행이지만 죽을 수도 있었겠는걸?' 이런 무위無爲한 마음을 갖게 되었다고 할까. 아니 죽음과 동행하며 살게 되었다는 말이 맞을까.

어찌 되었던 그날 이후로 죽음에 관대하고, 자유로우며, 강한 사람이 되었다고 믿고 싶었다.

빈 센트 반 고흐

아이돌 팬도 되어본 적 없는 내가 '반 고흐'는 과하게 좋아했다.

파리에 도착하자마자 고흐 무덤이 있는
오베르 쉬즈 우아즈[Auvers-Sur-Oise]로 향했다.
그곳은 고흐가 생을 마감하기 전 칠십여 일 정도를 보낸 곳으로,
화려한 파리 시내에서 한참 떨어진 곳에 있었다.

묘지는 작고 낡고 초라했다. 그리고 아무도 없었다.
묘지 주변으로 광막한 밀밭이 펼쳐져 있는데,
그는 이곳에서 자살했다고 한다.
그곳은 안아주고 싶을 만큼 넓고 깊고 외로워 보였다.

파리로 돌아와,
고흐의 작품들이 있는 「오르세 미술관」에 가 보았다.

어둡고 가장 고급스러운 자리에 위치한 고흐의 작품들.
그 주위를 사람들이 에워싸고는 반짝이는 눈으로 영탄했다.

내 눈에는 마치 이곳이 고흐의 무덤 같았다.
그리고 여기엔 모두가 있었다.

이 모습을 멀리 떨어진 곳에서 보고 있을 고흐는
과연 행복한 미소를 짓고 있을까.
나는 죽어 여기 있지만 그래도 좋은 삶이었다,
라고 말할 수 있을까?

'살아있을 때 반짝이고 싶다.'

주는 사랑을 몸소 체감하고,
너의 눈망울에 나 역시 절절히 감동받고,
그렇게 또다시 살아있음을 느끼고 싶다.

생사조차도 한순간인데

하물며 시시각각 변하는 삶의 방향 따위야

뭐 그리 대수겠어요.

지나간 것을 후회하며 잠들지 말아요.

어쩌면 오늘 흘린 눈물은 회복의 징조일지도 모르니.

5/   살고 싶어, 안달이 난다

  그곳은 생각보다 조용했다 아니 생각만큼 조용했다고 해야
하나.

  소란스레 우는 사람도 조용히 위로를 주고받는 사람도 없었
다. 평소 생각했던 장례식장 분위기와는 사뭇 달랐다. 그리고
다들 먼저 무언가를 꺼낸다는 것이 두려운 듯 보였다.

  장례식장에 와본 건 오늘이 두 번째다. 하긴 그도 그럴 것이
서른이란 나이는 장례식장 보다는 결혼식장에 가는 날이 더 많
을 나이니깐.

  십 년 전에 아빠가 돌아가셨을 때는 자꾸 우는 엄마를 위로
하느라 주변을 둘러볼 여유가 없었다. 두 번째인 오늘은 친구
의 장례식이다. 주변을 둘러보니 그때와 같은 건 공기뿐인 것
같았다.

바닥같이 차갑고, 응집된 눈물로 축축한… 어쩔 수 없이 죽음이 발현해내는 그 공기 말이다.

'툭, 투툭… 툭…….'

밖은 엊저녁부터 비가 내리고 있어 들고 있던 우산에서 물이 떨어졌다. 방금 우산에서 떨어진 빗방울이 바닥에 부딪혀 곧 내게 다시 울림이 되어 전해진다. 나는 우산을 쥔 손에 힘을 주며 앞에 온 문상객의 조문이 끝나기를 기다렸다.

검은 양복을 갖춰 입은 그 문상객은 친구의 영장사진 앞에 꽃 한 송이를 올려두었다. 사진 속 친구는 아이같이 환하게 웃고 있었다. 나도 그런 친구를 따라 슬쩍 웃었다.

나는 살면서 저렇게 어른스러운 아이를 본 적이 없다.

그 아이는 열다섯 살 눈에도 완벽한 어른 같았다. 일하는 엄마를 둔 나는 학교가 끝나면 곧장 친구네 집으로 가서 시간을 보냈다. 친구는 옆 단지 아파트에 살았다. 친구에게는 엄마가 없었다. 살아있는 엄마 말이다. 성인이 된 후에는 서로가 바빠 드문드문 연락하며 소홀해지기도 했지만, 속에 쌓아둔 이야기를 꺼내고 싶을 때면 이따금 이 친구가 생각이 났다.

우리는 같은 상실을 느꼈다는 이유만으로 어떤 이야기를 해도 편했고, 어떤 상황도 이해 가능했고, 거짓말까지도 너그럽게 감싸줄 수 있었다. 아마 서로의 상황과 행동이 모두 자신의 납득 가능한 선에 있었기 때문일 것이다.

문상 차례가 왔다.

나는 들고 있던 우산을 바닥에 내려놓고 안으로 올라갔다. 앞에서 했던 대로 꽃을 두고는 두 번의 절을 했다. 고개를 올리려는데 순간 뒤에서 큰 울음소리가 들렸다. 사람들의 시선이 일제히 그쪽으로 쏠렸다.

한 중년의 여자가 큰소리로 흐느껴 울며 식장 안으로 올라와 곧바로 상복 차림의 남자에게 다가갔다. 친척 아주머니쯤 되는 사람인 것 같았다. 그리고 나도 그제야 상복 입은 남자의 얼굴을 제대로 볼 수 있었다.

남자의 표정은 담담했지만, 어쩔 수 없이 들러붙는 슬픔이 무거운지 곧 무너져 내릴 사람처럼 보였다. 중년의 여자는 남자를 붙잡고 몇 번 더 흐느끼다가 겨우 식장 밖으로 나갔다. 그동안 남자는 오히려 그 중년 여자의 등을 두들겨 주며 위로했다. 더없이 애통한 눈으로.

집으로 돌아오는 길에 바람이 한층 더 차가워져 아직 구월인데도 마치 겨울처럼 느껴졌다. 갑자기 속이 쓰렸다. 생각해보니 오늘 하루 종일 먹은 게 없었다. 배를 움켜쥐고 겨우 집으로 돌아와 물과 함께 진통제 두 알을 삼키다가 또다시 그의 얼굴이 떠올랐다.

한 치 앞도 몰랐던 딸의 죽음인데도 죄책감으로 인해 뭉개져 버린 얼굴.

정말이지 죽음은 죽고 싶다 혹은 죽고 싶지 않다로 나누어 생각할 수도 없으며, 욕망이나 욕구가 개입된다고 한들 결국은 운명의 손아귀에서 놓아날 수밖에 없고, 일생을 마무리할 시간과 남아있는 것에 대해 정리할 수 있는 선택지도 주지 않고 무자비하게 데려가는구나……, 라고 또 한 번 절절하게 느끼고 나니 느닷없이 유서가 쓰고 싶어졌다. 갑작스레 인생이 끝나버려 인사도 남기지 못한 친구를 대신해서라도.

펜을 드니, 나도 모르게 한숨이 먼저 나와 잠시 움찔했다.

"미안해요."

첫 장은 가족에게 쓰려는데 이렇게 쓰고 나니 갑자기 한꺼번에 감정이 터져 나오며 친구 아버지의 슬픈 눈동자까지 떠올라 마음을 걷잡을 수가 없었다.

후─.

길게 심호흡을 하고는 아무래도 가족에게는 맨 마지막에 적어야겠다고 생각했다. 그래서 우선 건강한 육체와 정신을 지닌 나의 어린 애인에게, 라고 적었다. 한참을 심각하게 쓰다 보니 내용이 너무 우울해진 것 같아.

"한 사람을 이렇게 완벽하게 믿게 해줘서 고마워요. 나는 전생에 나라를 구했었나 봐요. 한 번 더 온몸을 다해 나라를 구하고 올게요. 그럼 다음 생에서도 당신을 만날 수 있겠죠? 사랑해요." 이런 시답지 않은 농담으로 서둘러 갈무리했다. 다음은 내가 없는 시간 속을 살고 있을 나의 책들에게 "더 멋지게 써주지 못해 미안. 하지만 그럼에도 불구하고 많은 사람들 마음에 닿기를 바랄게."

그렇게 노트 두 장을 빼곡하게 적고 보니 이상하게 아직 죽은 것도 아닌데 벌써 살고 싶어졌다. 유음遺音을 남겨서인지 정말 죽음을 경험한 것 같은 기분마저 들었다. 그러자 사랑한다는 말도 무모할 만큼 더 하고 싶고, 빌어보지 않은 용서도 구하고 싶고, 쓰지 못한 책들도 얼른 써보고 싶어 안달이 났다. 그렇게 자꾸만 소망이 밀려와 더욱 살고 싶어졌다.

아무래도 안 되겠다. 혹 내일 죽더라도 죽기 전까지는 최선을 다해 살아봐야겠다.

두 번의 장례식에서 나는 울지 않았다.

그 사실을 깨닫자 문득 내가 섬뜩하고 난폭한 사람처럼 느껴졌다.

출발

Ⅱ. 물컹한 사랑에 대하여

1/   몇 년 뒤

아주 오랫동안 텅 비어있던 공간에 기억의 선들이 스쳐 지나
간다.

사랑이었고 미움이었던 선이 무수히 교차되면 이내 와르르
쏟아져 내린다.

그럼 그곳에 누군가의 숨소리가 선연하게 느껴진다.

나는 그 소리를 더 확실히 끌어안고 싶어져 귀에 손을 말아
얹는다.

종국에 가서야 아무도 없다는 사실을 깨닫곤 참았던 숨을 몰
아쉰다.

애초에 텅 빈 곳임을 알았음에도 이토록 숨이 막히는 까닭은
무엇일까.

그럼 어느새 바늘로 변해버린 기억이 콕 찌르듯 내게 묻는다.

"당신이 종일 생각하는 그 남자, 오지 않을 거란 거 이미 알고 있었잖아?"

뾰족해진 기억이 마음을 찌르는 송연함에 나는 또 울지 않으려 입술을 웅크린다.

2.   또 몇 년 뒤

당신을 사랑한 지도 벌써 여러 해째네요.
당신의 이름은 무엇인가요.
이제는 당신을 부를 이름이 없어요.

이름도 없는 당신을 이토록 오래 그리워할 줄은 몰랐는
데…….

당신이 날 떠났을 때부터 지금까지 난 당신에 대해 많은 것
을 썼어요.
격렬했고 근사했고 그래서 또 슬펐죠.
그리고 이제 와서야 당신의 마지막 말에 의미를 알 것 같아요.
당신이 곁에 있지 않음으로써 사랑을 알려주고 싶었던 거죠.

"사랑은 정말 있었네요."

우습죠? 남들은 아마 이런 날 보고 웃겠죠.

하지만 말이에요. 나 혼자 또 우스워지고 말겠지만 말이에요.

이렇게 당신을 떠올리는 것만으로 마음이 뒤죽박죽 되어버리는

나를 아직도 나무랄 수가 없어요.

3/   순간이 넘쳐흐르더라도

　좋아하는 곳인데 좋아했던 곳인데 막상 도착하니 이곳이 싫어졌다.

　그가 있다 와 없다 일뿐인데.

　그를 꺼내면 또다시 아플 것 같았다. 다 사용한 수도꼭지를 잠가두듯, 다 마신 물병의 뚜껑을 닫아두듯 최대한 꽉 한 방울도 흘러나오지 않게 감정을 잠갔다.

　이곳에 와서야 들었다. 그가 이곳을 떠났다는 걸…….

　어떻게 해서든 이곳으로 돌아오려 했던 나와는 달리 그의 꿈이라던 쿠바의 어느 시골 마을로 좋아하는 일을 하러 갔다고. 카리브의 태양이 스물네 시간 내리쬐는 섬에서 파도조차 없는 바다를 고요히 바라보고 있을 그의 모습을 나는 천천히 음미했다.

'당신은 지금 웃고 있을 거야 분명 행복할 거야 그렇지?'

그걸 알려주려고 나를 이곳에 보낸 거잖아. 이제는 내가 행복해질 차례라고, 이곳에선 스스로 자신의 행복을 책임질 수 있다고 말해주었잖아. 당신의 단호한 목소리가 들리는 것 같아 눈물 날 지경이야.

부디 돌아와 다시 한 번만 말해줘. 당신 없이도 이곳에서 행복해질 수 있다고.

*

작년 봄, 내가 묵은 초라한 호텔에서 그를 처음 보았다. 삽십 년도 훌쩍 넘은 그 호텔은 일본 가나가와 현에 있는 조그만 마을인 가마쿠라에 있었다. 간판에 '宿泊숙박' 이외에 다른 말은 일체 적혀있지 않았다. 호텔 이름이라기엔 다소 단순했지만 그 도시에 퍽 잘 어울릴 만큼 소박하고, 무엇보다 이 마을에 있는 호텔 중 유일하게 대욕탕이 있어 나는 마음에 들었다.

호텔 일층에는 '젠트GENT'라는 이름의 레스토랑이 있었다. 그는 거기서 일했다. 엄청나게 잘생긴 건 아니었지만 누가 묻는다면 잠시 생각하고는 *잘생겼어* 라고 대답할 수 있을 정도였다. 나이도 모르고 성격은 더 모르고 내가 알 수 있는 것이라고는 그의 직업과 성별뿐이었다.

그는 하루도 빠짐없이 그곳에 있었다. 일주일을 묵었는데 일주일을 보았으니 쉬는 날은 없는 걸까? 온갖 손님이 드나들었을 텐데도 매번 첫 손님인 것 마냥 친절했다. 나는 테라스에 앉아 유리창 너머에 있는 그를 빤히 바라보았다. 아직 한 번도 정면으로 눈이 마주친 적은 없었다. 그는 항상 자신의 일에 몰두해 있었다.

나는 그가 분주하게 움직이는 팔이 좋았다. 그를 더 쓸모 있는 남자로 느껴지게 해주었다. 실제로 그 팔로 나의 물 잔이 비지 않게 물을 따라주고, 비가 오면 테라스 앞 가림막을 쳐주고, 바람이 불면 담요를 가져다주었다. 좋건 싫건 간에 나는 그가 주는 모든 배려를 말 잘 듣는 아이처럼 아무 말 없이 받았다. 그러면서 하루하루가 지나갔다.

이곳에는 글을 쓰러 왔다. 하지만 아무것도 쓰지 못한 채 돌아갈 날이 왔고, 마지막 날도 나는 아침부터 같은 자리에 앉아 여전히 같은 위치에서 커서가 깜박이는 모니터를 가림막처럼 쳐두고는 그를 바라보고 있었다. 밥도 먹었고, 커피도 마셨고, 이미 물도 세 잔이나 받았으니 이제 그만 일어나야 했다.

나는 일어나 계산을 하고, 영수증을 받고 나서야 겨우 쥐똥만 한 목소리로 그에게 인사를 전했다.

"그동안 고마웠어요."

그렇게 우린 처음 눈이 마주쳤다. 쑥스러움 때문인지 그의 두 볼이 불그스름해졌다. 어쩌면 일부러 나와 눈이 마주치지 않았던 걸까? 마주치는 게 두려웠을 수도……. 내가 지금 그런 것처럼 말이다.

그때 왜 나는 나를 말리지 않았을까?

"끝나면 뭐해요."

"?"

"나는 오늘이 이곳에서 마지막 날이에요."

"조금만 기다려줄래요?"

"네?"

"곧 끝나거든요, 같이 바닷가 산책해요."

그리고 그때 왜 그는 그를 말리지 않았을까. 나는 아직도 무슨 연유로 그가 내 빤히 보이는 의도에 응해준 건지 모르겠다.

"네, 기다릴게요."

쓰ー윽.

우리 둘 사이로 검은 물체가 빠르게 지나갔다. 나는 고개를 돌려 사라진 쪽을 바라봤다.

잠깐의 정적 후, 나는 토끼 같은 눈으로 그를 보았고, 그는 별일 아니라는 듯 웃으며 어깨를 살짝 으쓱해 보였다. 그리고 우리는 동시에 웃음을 터트렸다.

바닷가 뒤에서 본 잘 그린 풍경화에는 많은 것들이 살고 있었다.

사람들과 음식을 나눠 먹기 위해 하늘에서 기다리는 까마귀들, 물장구치며 꺄르르 웃고 있는 아이들, 주인과 산책 중인 강아지, 그리고 빠르게 어둠 속으로 숨어들던 쥐들.

어느 하나 이 풍경과 어울리지 않는 게 없었다. 모든 것이 천 조각짜리의 퍼즐을 완성한 것처럼 딱 맞았다.

나도 이 풍경화 속에 어울리는 하나일까, 나 혼자 이방인인 게 티 나지는 않을까? 티 내고 싶지 않은데, 내가 다른 곳에서 온 조각이라는 걸 알려주고 싶지 않은데, 라고 생각하는 틈에 살짝 멍한 표정으로 있자 "저기……"라고 그가 불렀다. 돌아보니 그가 일회용 컵에 담긴 와인 잔을 내게 내밀었다. 와인은 잔 물결을 일으키며 내 손에 쥐어졌다.

"고마워요."

"여기는 여행 온 거예요?"

"네, 대외적으로는 그래요."

"대외적으로? 그럼 내적인 이유도 있는 거네요."

"내적인 이유는……."

나는 조금 우물쭈물 망설이다가 대답했다.

"글 쓰려고요. 여기 오면 잘 써질 줄 알았거든요."

"아, 작가구나."

감탄도 의문도 아닌 억양이었다. 그리고는 더 묻지 않았다. 물론 나는 그 점이 고마웠다.

"그쪽은요?"

"나는 바리스타예요. 여기에는 커피 공부하러 왔어요."

"아, 바리스타구나."

왠지 따라 하는 모양새가 된 것 같아, 고개를 떨구고는 애꿎은 잔을 빙글빙글 돌렸다.

"예쁘네요."

"네?"

그를 보니 그의 시선이 바다를 향하고 있어, 하마터면 설렐 뻔 한 마음을 단속할 수 있었다. 뭐 말투는 조금 뾰로통해졌지만,

"아 네. 뭐 예쁘네요."

"삼 년 전에 우연히 이곳에 왔다가 바다를 보게 되었는데, 너무 예뻐서 그만 이렇게 살게 됐어요."

그렇게 말하고는 더는 이을 이야기가 없는지 그가 와인을 마시기에 나도 잔을 들어 한 모금 마셨다. 목 뒤로 묵직한 게 넘어가자 곧바로 코에서 쌉쌀한 향이 뿜어져 나오고, 마음의 추가 살짝 행복으로 기우는 게 느껴졌다. 그렇게 한 잔을 비웠다.

그는 아직 바다를 보고 있었다. 마치 바다 너머로 그리운 얼굴이라도 찾는 듯이.

뭐 덕분에 나는 그의 얼굴을 좀 더 가까이서 볼 수 있었다. 갸름한 얼굴은 햇볕에 그을렸는지 가무잡잡하고 피부는 주름 하나 없이 윤기가 돌았다. 그 아래로는 가늘고 긴 목이 곧게 뻗어 있는데 목에는 영문으로 된 타투가 새겨져 있었다. 셔츠 깃에 가려 자세히 보이지 않고, 필기체로 최대한 휘갈겨 써 놓아 무슨 뜻인지도 모르겠지만 어쩐지 그를 압박하는 듯 보여 의미

를 묻지는 않았다.

때마침 부는 바람에게선 청아한 풀 냄새가 났다. 여름을 알리는 냄새였다.

그렇게 우리는 바닷가 앞에 앉아 한참을 서로에 대해 궁금해했다. 이 순간 이전의 삶(그는 커피 공부를 위해 지난 십 년간 오스트레일리아와 오슬로를 거쳐 이곳 도쿄에 왔고, 다음으로 꿈꾸는 여행지는 쿠바라면서 행복한 미소를 지으며 말했다)에 대해, 서로가 서로를 몰랐던 시간들을 천천히 알아갔다.

"이곳에 사람들은 대체적으로 친절해요. 도시와는 다르게 나쁜 사람도 드물고요."

그는 무슨 말을 더 하려다가 입술을 다물고는 나를 가만히 보았다. 나는 그의 눈빛을 통해 무슨 말을 하고 싶은지 알 것 같았다.

그래서 이곳을 떠날 수가 없어요.

나 역시 천국 같은 이곳에 당신을 두고 가는 게 싫었다. 모든 게 아름답고, 모두가 친절한 이곳에서 나만 떠나가기 싫다고 애처롭게 눈으로만 말했다.

"저기 봐요."

이런 나의 시선을 피하듯 그가 갑자기 팔을 높이 들고는 내 뒤쪽을 가리켰다. 그가 가리키는 쪽으로 고개를 돌렸다. 벌써 하늘이 어둑해졌다는 건, 그의 잘 보이지 않는 손가락을 통해 알 수 있었다. 그래도 어디를 가리키는지는 알 것 같았다.

이 섬이 끝나는 쪽.

유일하게 그곳만이 어둠 속에서 붉은빛을 내고 있었다. 노을의 끝자락이었다. 멀리서 보아도 아프게 아름다웠다.

"저쪽이 선셋 포인트예요. 예쁘죠? 저기 올라가서 해지는 걸 꼭 봐야 해요."

"남은 하루가 오늘뿐인데요."

"아! 숙소 옆에 있는 모멘야 라멘은 가봤어요?"

"아니요."

"말도 안 돼. 엄청 맛있는 라멘집이에요. 꼭 가봐요."

"내일 돌아…"

"그럼 큰 도로에 있는 우체국은 봤어요? 온통 녹색인 건물요."

"아, 봤어요."

"거기 우체국이 아니에요. 바Bar 예요. 신기하죠?"

라며, 그가 중요한 정보라도 건네는 듯 속삭이고는 빠르게 다음 말을 이으려 하기에 나는 조금 목소리가 커졌다.

"저! 내일이면 한국으로 돌아가요."

"그러니까 다음에 또 와요."

"……."

"다음에 오면 다 같이 가요."

그는 그렇게 말하고는 내게서 고개를 돌렸다. 그의 표정으로 보아 장난은 아니라는 걸 알고는 나는 얼굴이 조금 붉어진 채로 그를 바라보다가 간신히 눈을 돌렸다.

내가 그에게 처음 찾아간 손님은 아니라는 걸 알고 있었다. 하지만 그는 내 마음에 처음 찾아온 손님이었다. 낯설지만 반가운. 그러면서 어렴풋이 다음 상황을 예측할 수 있었다.

나는 또 울게 되겠지?

하지만 그 이전에, 내가 울고 싶어 한다는 것도 잘 알고 있었다. 그래서 괜찮았다. 마음을 굽히지 않아도 된다고 이 순간이 넘치고 흘러, 잠기고 부서지게 되더라도 함께 있자고.

어차피 시간은 영원하고 당신과 나는 영원할 수 없다는 걸 우리 둘 다 모르는 척하지 말자고……

집으로 돌아와 보니 마음이 한곳이 따끔거렸다.
고개를 숙여 아픈 곳을 내려다보니 핑크색이다.

방금 막 넘어진 아이의 무릎처럼.

4 /   광택 없는 사이

한국으로 돌아와 내가 가장 처음 한 일은 남자친구와 헤어지는 것이었다.

삼 일. 모든 건 돌아온 지 단 삼 일 만에 일어났다.

화창한 토요일 오전 우리는 한 음식점 안에 있었다. 헤어지는 마당에 밥이라니…, 배가 아프다며 핑계 대볼까 싶었지만, 그것마저 괜한 오기 같아 그냥 먹자고 하였다. 우리의 마지막 식사는 태국 음식이었다. 일주일 전과 똑같은.

*헤어지기 일주일 전,

계획대로 그의 승진 시험이 끝나고 우리는 방콕으로 조금 늦은 휴가를 왔다. 이번 해외여행이 여섯 번째인지 일곱 번째인지 군이 세어가며 그가 괜찮은 남자임을 상기시키고 싶진 않았지만, 분명한 건 방콕은 이번이 두 번째라는 것이다. 그렇게 다시 함께 온 방콕.

공항 밖으로 딱 한 발짝 떼었을 뿐인데 강렬히 내리쬐는 태양과 물먹은 공기가 온몸에 귀찮게 들러붙었다. 택시를 잡았으면 좋겠다고 생각했지만 그렇게 성급하게 지갑을 열 그가 아니었다. 우린 택시로 이십 분 거리를 한 시간 넘게 버스와 지하철을 갈아타고서야 '드완 방콕'이란 조그만 호텔 앞에 도착했다.

왼쪽 귀에선 그의 거친 숨소리가 들렸고, 나는 멍하니 천장을 보고 있었다. 백열전등 한쪽 수명이 다해가는지 마치 졸려 죽겠다는 사람의 눈꺼풀처럼 끔벅, 끔벅거렸다. 그 전등을 무심히 바라다보며 헤어진다면서 어째서 여기까지 와버린 걸까? 생각하는데, 막 움직임을 멈춘 그가 "사랑해"라고 말했다. 손바닥으로 그의 단단한 등 근육이 풀어지는 게 느껴졌다.

이게 다였다.

한낮의 섹스를 마치고 샤워를 하고 우리는 밖으로 나왔다. 다행히 태양은 한풀 꺾여 있었지만 습기는 여전했다. 지하철을 타고 큰 쇼핑몰들이 모여 있는 시암[Siam]으로 갔다. 오기 전부터 그가 계획해둔 맛집이 거기 있었다. 뭐든 대충대충인 나와는 다르게 오기 전부터 일정과 경비를 계산해가며 계획을 짜던 그였다.

도착하니 저녁 시간대라 그런지 대기 줄은 있었지만 대기표를 받고 십분 정도 기다리자 곧 들어갈 수 있었다. 우리는 그 식당에서 가장 유명하다는 뿌 팟 퐁 까리Fried Curry Crab를 시켰다. 대게에 당분과 달걀 그리고 카레가루를 넣고 볶은 요리로 내 입맛에는 잘 맞지 않았다. 달고 느끼했다.

다 먹은 후, 그가 땡 모반(태국식 수박 주스)이 담긴 유리잔을 들어 벌컥벌컥 마시고는 테이블 위에 요란스레 올려놨다.

"아, 잘 먹었다. 맛있지? 내가 여기 며칠 동안 검색해서 찾은 곳이야."

"맛있다."

"그게 다야?"

그의 안색이 확 바뀌었다. 그리고는 아주 잘 아는 시선으로 다시 나를 보며 물었다.

"진짜 그게 다야? 내가 며칠을 책이며 블로그며 이곳저곳 다 뒤져서 찾은 곳이라니깐."

"그래, 맛있었어."

"후, 자기는 진심이 없어."

"잘 먹고 왜 그래. 진짜 맛있다니까?"

"나는 아직도 자기가 뭐가 좋고 뭐가 싫은지 모르겠어. 매번 반응이 똑같으니깐. 어떤 게 진짜인지 늘 헷갈려……."

그의 말투에는 답답함과 언짢음이 동시에 서려 있었다. 눈빛 역시도 그랬다. 나는 아무 말도 할 수가 없었다. 도리어 날 정확히 꿰뚫어보고 있음에 움찔했다. 정말이지 나는 매번 이 애인에게 솔직하지 않았는데, 그는 어째서 이토록 날 정확하게 알고 있는 걸까? 하지만 멋대로 꿰뚫어 본 걸 아무렇지 않게 이야기할 때면 나 역시 심술이 났다.

"생각보다 느끼했어."

그렇게 말하고는 입술을 굳게 다물었다. 그는 아까보다 더 일그러진 표정으로 아무 말 없이 계산서를 들고는 혼자 일어나 버렸다.

호텔 방에 난 창문으로 화려한 방콕 시내의 전경이 한껏 뽐을 내고 있었다. 그 우쭐거리는 전경을 아무 감정 없이 보고 있자 그가 뒤에서 내일 계획에 대해 이야기했다.

"일단 오전엔 운동을 할 거야, 그다음 조식을 먹고, 왓 아룬 사원에 갔다가 수산시장에 가자. 그리고 점심은……."

우리는 사 년을 만났다. 정확히는 사 년 삼 개월. 그동안 우리 사이에 변하지 않은 게 있다면 그의 이런 계획성이다. 목표를 향한 결심, 결심에 맞는 계획들이 그를 만들었다 해도 과언이 아닐 정도로, 이 년 전 행정 고시에 합격해 미래까지도 보장되어 있는 그런 사람이었다.

"자기는 코끼리 트래킹 싫어할 테니까, 나만 하고 올게. 자긴 그 근처에서 커피 마시고 있어."

선의로 가득 찬 그의 말투에 나는 뒤도 돌아보지 않고 응, 이라고 짧게 대답했다.

"트래킹 후에는……."

소개팅이란 흔해빠진 방식으로 만났지만 난 분명 그에게 반했었다. 그가 쌓아올린 멋진 풍경에 끌린 것이다. 나와는 다르게 그의 풍경은 흐릿하지 않고 선명했으며 무엇보다 견고했다. 바보 같기는 해도 그 풍경 앞에만 서면 나는 늘 감탄했었다.

이런 사람과 연애할 수 있어 다행이라고.

정말 그렇게 생각했는데…… 지금은 그 풍경만 봐도 숨이 막히고, 가끔은 마치 아주 낯선 이국 풍경을 보는 듯 한 이질감에 몸서리친다. 그러니 더 이상 헤어짐을 미룰 수 없어, 라고 결정한 순간,

탁.

소리와 함께 현실로 돌아왔다. 그가 방금 나 마신 콜라 잔을 테이블 위에 올려두었다.

"아, 잘 먹었다. 맛있지? 여기 내가 사무실 사람들한테 태국 음식 잘하는 곳….."

"미안해."

"응? 뭐가?"

그런데 나는 언제부터 이 헤어짐을 생각한 것일까. 가령 두 사람 사이에 생기는 이 과로같은 권태감을 나는 느끼는데, 그라고 느끼지 않을 수 있을까? 하지만 분명한 건 헤어지는 이유에 권태감만 있는 건 아니라는 것이다.

"우리 헤어지자."

"……왜?"

"그냥, 그러고 싶어졌어."

그는 침묵했다. 나는 더 이상 망설이고 싶지 않았다. 대답을 독촉하듯 테이블 위에 놓인 전표를 요란스레 만지작거렸다.

한참을 말이 없던 그가 짐짓 차분해진 목소리로 알겠어, 라고 답하고는 엷게 웃었다. 사 년을 넘게 만나면서 그에게서 처음 본 표정이었다. 모든 게 초연해진 얼굴. 그런 그를 보며 실은 그도 나와 헤어지고 싶었던 게 아니었을까, 라는 생각을 해보았다. 혹여 계획이 어긋나버릴까 하는 두려움 때문에 그 역시 한참을 비켜서 돌아온 건지도.

결국 그의 '곧음'은 두려움 탓이고, 계획성은 그러니까 두려운 상태에서 나오는 일종의 습관 중 하나였다고. 마지막이 되어서야 그를 조금 이해할 것도 같았다.

우리의 이별은 이게 다였다. 참 싱거웠다.

*

"너한테 딱 어울리는 사람이야!"

라고 엄마는 흥분했다. 탄탄하기는커녕 마땅한 직업조차 없고 미래도 극도로 불안정한 나에게 완벽한 사람이라고 엄마는 언제나 입이 닳도록 말했었다. 나 역시도 격렬한 연애까지는 아니더라도 그를 사랑했고, 나에게 과분한 상대라는 것도 잘 알고 있었다. 그래서 헤어졌다고 처음 말했을 때, 엄마도 놀랐

지민 솔직히 말하면 내가 가장 놀랐다. 이제야 모든 것이 분명해진 현실 같아서.

"넌 너무 충동적이야! 어릴 때부터 뭐든 금방 질려 했어."

"나도 알아. 그런데….”

"너는!"

엄마는 내 반론 같은 건 안중에도 없는 듯 자기가 하고 싶은 말만 계속해 이어 붙였다.

"또 금방 후회할 거다."

"거참, 딸한테 못하는 소리가 없네….”

"엄만 개 좋았다고!"

"안다고 나도!"

짜증내려는 마음은 없었는데, 결국 짜증이 담겨 나오고야 말았다.

"……."

"어디가 그렇게 마음에 들었는데?"

"성실하고, 친절하잖아. 그만하면 됐지 뭐."

"그 성실하고 친절함 덕분에 내가 몸서리치게 힘들었다면 엄마 믿을래?"

엄마는 흠 하고 잠시 생각하는 척하더니 갑자기,

"그래, 내가 데리고 살 것도 아닌데 뭐. 니 맘에 들어야지."

라고 대수롭지 않게 말해 나는 잠깐 놀랐다. 방금 전까지만 해도 당첨된 복권을 물에 빠트린 사람처럼 축 늘어져 있었으면

서. 이제는 사실 뭐가 별로였다느니, 뭐는 솔직히 좀 마음에 안 들었다느니, 라며 기세 좋게 욕을 하고는,

"얼마 전 회사에 괜찮은 청년이 들어왔는데, 한 번 만나볼래?"

다시 적극적으로 내 연애 사업에 개입할 전망까지 보이고 나서야 남은 설거지를 마저 해야겠다며 부엌으로 돌아갔다. 그리고는 혼잣말처럼 중얼거렸다.

"다음번엔 개보다 좋은 놈으로 만나."

"……응."

엄마가 무엇을 원하는지, 왜 저렇게 속이 상한지 내게도 곧 전해져 왔다. 그것이 설령 현재의 나와는 무관한 일이라 하더라도.

"휴."

방으로 들어와 한숨과 함께 벌러덩 침대에 드러누웠다. 가만히 천장의 백열전등을 바라보다가 문득 이별이 섹스와 다르지 않다는 기분이 들었다. 고통을 견디면서 정열을 즐기다가 결국 어딘지 모를 곳으로 사라져버린다는 점이.

나는 다시금 침대에서 일어나 창문 끝에 있는 흰색 줄을 감아 블라인드를 올렸다. 차분한 밤의 기운과는 다르게 조금 있으면 이곳으로 해가 무참히 쏟아질 것이다.

그렇게 저 멀리 이제는 익숙해져야 할 아침이 오고 있었다.

쓰잘데 없이 고귀한 것이, 나의 마음

마음에 마음이 들어오기를 기다릴 것,
그의 마음이 내 마음 안으로 들어오거든

내 것이라 안이한 단정은 하지 말 것
서두르며 애쓰지도 말 것, 모든 게 그러하되.

나의 마음이 다치지 않도록 조심할 것.
그의 마음만큼 귀중한 것 또한 나의 마음이니.

5/　　　헤어짐의 전조

극도로 고요한 밤에만 나타나는 현상이 있다. 우선 내 안이
수상해진다.

장기의 위치가 약간씩 어긋나는 것 같기도 하고, 생각이 물
기를 머금는 것 같기도 하다가…… 찰나적 순간 영혼에 다시
금 스위치가 켜지는 걸 느낀다.

그럼 밤은 어느새 내 곁에 고조곤히 와 연주를 시작한다. 재
깍거리는 시계가 메트로놈이 되어주고, 어둠 속 달빛이 조명을
환하게 비추며, 별들이 무대의 장막을 연다.

나는 침대에 모로 누워 창밖으로 펼쳐지는 이런 신비하고도
아득한 광경을 보고 있으면, 머릿속으로 굉장한걸? 하고 생각
하면서도 마음 한편이 애절해진다. 점점 한없이.

그러다 보면 어느 틈엔가 그와 헤어졌던 그 날 그 장소에 도

착해있다.

*

십일월 로마는 겨울에 시작을 알리듯 춥고 날씨까지 나빴다. 스산한 구름이 가득 몰려와 하늘을 무겁고 어지럽게 만들었다. 그리고 그런 구름과 꼭 닮은 비가 하루에도 몇 번씩 내렸다 그치길 반복했다.

나는 지금 캄피돌리오 광장 주위에 있는 호텔 방에서 사랑하는 남자와 함께 있다. 아니다 사랑이 끝나가는 남자와 함께 있다.

누가 말했던가, 인생은 카르마karma 라고.

지나간 상대에게 해왔던 모진 말들이, 나와 헤어지고 싶다고 말하는 그의 숨김없는 눈빛으로 대갚음 당하는 모양이다.

짧게 만났지만, 깊이 사랑했다. 그리고 지금도 사랑한다.

사랑이라니, 내게 어울리지 않는 단어란 걸 알면서도 그것 말고는 이 사람과 나 사이의 공백을 메울 단어는 없었다. 그렇다고 텅 빈 마음 옆에서 온전한 사랑을 갈구하는 건, 마치 갈라진 독에 물을 채우는 것처럼 허무한 일이었다.

하지만 다 알면서도 놓을 수가 없었다. 사랑이 공평하지 않다고 해서 남아있는 마음까지 버리고 싶진 않았기에……

밤이 되어서야 우리는 호텔 방을 나왔다.

고대 건물들 사이로 유독 좁고 구불구불한 로마의 뒷골목을 걸을 때면 길 위에 있는 모든 사물들, 하물며 벌레들마저도 우리의 상황을 아는 것 같았다. 아무도 나서지 않았고, 그저 두 사람의 발소리만 소리 없이 울릴 뿐이었다.

우리는 손을 놓고 걸었다. 그가 내 뒤에서 따라왔다. 그리 멀지 않았다. 그가 한 걸음 더 온다면 내가 한 걸음을 멈춘다면, 충분히 어깨가 닿을 수 있을 정도였다.

그래서 멈추었다. 한 걸음 뒤에서 그도 멈춰 서는 게 느껴졌다. 그가 걸음을 멈춘 것만으로도 나는 애처로워 죽을 지경이었다.

'정말 이대로 헤어지고 싶지 않아.'

결국 나는 뒤를 돌았고, 지독하게 무미건조한 그의 눈과 마주하자 어디로도 걸음을 뗄 수가 없었다.

슬픔은 자꾸만 왈칵 거리고, 솟구치는 감정은 억누르려 애를 써 봐도 계속해 목 끝까지 차올라 이미 내 눈엔 눈물이 그렁그렁 고여 있었다. 더 이상 감정을 주체할 수가 없어 고개를 돌려 하늘을 보았다. 하늘은 온통 깜깜해 아무것도 보이지 않았지만, 간절하게 애원했다.

제발 누구라도 거기 계신다면, 이 사람 없이도 살 수 있게 도와주세요…….

그러자 정말 누군가 답을 했다.

너도 잘 알고 있잖아, 헤어지는 것보다 더 비참한 게 그의 곁에 머무는 거란 거. 너는 여기서 한 발작도 더 내디디면 안 돼.

하 진짜……, 눈꺼풀이 파르르 떨리며 금방이라도 흘러내릴 것 같은 눈물과는 다르게 나는 그만 "하하" 웃음이 나왔다. 그 이상한 웃음은 밤공기 속으로 맹랑하게 퍼져나갔다.

"지구 끝까지 갔다 온 기분이야."
"……미안하다."

어쩌면 세상 가장 낭만적일지 모를 이곳에서 이 세상보다 더 사랑했던 남자와 그렇게 이별했다. 그날 이후 현실감은 옅어지고, 이곳저곳 벌어진 상처를 수리하느라 나는 아주 오래도록 텅 비어있었다. 이별은 이리도 공격적이었다.

*

지금 와 생각해보면 그가 첫사랑도 아니었고, 제일 사랑했던 사람도 아니었는데 그런데도 이렇게 고요한 밤이면 그가 가장 먼저 떠오르고, 단번에 나를 그 날로 데려다 놓으며, 돌아와 보면 항상 흠 진 곳이 아릿거렸다. 마치 비 오기 전 은근하게 이어지는 허리 통증처럼.

그렇게 과거 이별과의 만남 후, 다시 어둠에게 손이 잡혀 잠의 늪으로 서서히 끌려들어 간다. 그날 밤 꿈에서 나는 느리지도 빠르지도 않게 나의 걸음으로 걷고 있었다. 지독하게 무미건조한 그의 눈동자를 뒤로하며…….

사랑이 끝나기 전, 우리는 어떠한 징조를 느낀다.
뜨겁지도 시원하지도 않은 무언가.

그것이야말로 헤어짐의 전조인데,
아름다운 밤 하늘을 흔하다는 이유로 올려다보지 않듯
이별이 곁에 온 걸 알면서도 우리는 그냥 지나쳐버린다.

때를 놓친 이별은 그와 나 사이를 구름처럼 떠돌다가

결국 가장 세찬 빗줄기를 퍼붓는다.

6/   첫사랑

얼마 전 그에게 나 혼자 내버려 두지 말라고 말하려다가 '어머, 내가 지금 무슨 말을 하려는 거야?' 스스로도 소스라치게 놀라며 입술을 다물었다. 방금 하려던 말이 마치 순정만화 속 여자 주인공 멘트 같아서.

아 정말, 아이 같은 애인만큼은 되고 싶지 않았는데…….

왜 그런지 나는 어렸을 적부터 내가 여자아이인 게 싫었다. 이건 단순하게 여자라서 싫다는 말이 아니다. "너는 여자니깐 그렇게 치마를 펄럭거리며 돌아다니면 안 돼(그럼 처음부터 치마를 안 입혀줬으면 좋았잖아)"라거나, "여자아이는 위험하니까 항상 해지기 전에는 집으로 돌아와야 해(하늘색이 달라지기 시작하면 내 마음까지 불안하다고)"라거나, "몸가짐은 늘

조신하고 여자답게 얌전히 있어.”

소위 이렇게 말하는 어른들의 ‘여자 가치관’이 싫었던 것이
다. 아이에게 아이답게 행동하라는 말도 어려운데 여자아이답
게 행동하라니. 어린 시절 조신과 얌전의 뜻을 정확히 알지 못
했을 때도 나는 그 단어만 들으면 마음은 갑갑해지고 옷은 불
편해졌다.

그러다 보니 난 막연히 남자아이가 되고 싶었다. 여자아이들
이 들고 있는 사랑보다 남자애들 손에 있는 저 우정이 더 빛나
보였다. 그렇게 나는 교실에서 사탕을 먹으며 일기장에 스티커
나 붙이는 여자애들 옆에서, 저 멀리 운동장 안으로 똘똘 뭉쳐
뛰어다니고 있는 남자아이들을 동경했다. 자라서도 마찬가지였
다.

고등학교 시절에도 남자들은 여자들과는 다르게 진지하고
성실하지만 자신의 열의를 조절할 줄 알았고, 지나치게 감상적
이지 않는 점도 멋있어 보였다. 그리고 점심시간이면 식판을
깔끔히 비워내는 그들의 ‘위＃대함’까지 말이다.

그런데 이런 나에게 어느 날 첫사랑이 찾아왔다. 그야말로
내가 지금껏 동경하던 남자들과는 180도 다른 아이가.

*

“이번 정류장은 한빛고등학교입니다.”

버스 뒷자리에 앉아 내리는 사람들을 지켜보고 있다가 마지막으로 그 아이가 내릴 때쯤 재빨리 무릎 위에 올려둔 책가방을 들고는 뒤따라 내렸다.

며칠째 지켜본 그 아이 특징은 항상 혼자라는 것이다. 하지만 혼자인 게 둘인 것보다 자연스럽달까, 당연스럽달까? 저토록 혼자인 게 잘 어울리는 남자아이를 나는 이제껏 본 적이 없다. 타고난 분위기가 그런 아이였다.

또 다른 특징은 아직 찾지 못했다. 물론 누가 찾으라고 시킨 것도 아니고, 뭐야 그럼 지금 스토킹 중이야? 라고 의심하듯 묻는다면, 그것 역시 절대 아니다. 다만 나 역시도 명쾌하게 답을 내릴 수는 없지만, 얼마 전부터 자꾸만 내 눈이 그를 찾는다. 나의 의지와는 별개로 말이다.

맨 처음 그 아이를 본 건 학교가 아닌 학원에서였다. 우리는 같은 미술 학원에 다녔다.

나는 고등학교에 진학하고 1학년 2학기가 끝나갈 때쯤 부모님께 다시 그림을 그리고 싶다고 말했다. 사실 나는 아홉 살 때 미술을 처음 시작했는데, 당시에는 나 스스로도 재능이 있다고 믿었다. 상도 여러 번 탔고, 상의 개수도 개수지만 더 일찍 시작한 아이들보다 높은 상을 받았으니 질적 차이도 있었다.

그래서 정확히 열다섯 여름까지는 진로 희망서에 당당히 '화가'라고 적었더랬다.

하지만 그쯤 사춘기가 왔고, 사춘기 땐 의당 그렇듯 "지겨워

그만할래"라며 화농성 여드름같이 울긋불긋한 반항심을 드러 냈고 그 첫 번째 표출이 바로 진로 거부였다.

그런데 고등학생이 되고 일 년 정도 공부해보니 어째 공부에 도 영 소질이 없다는 걸 알았고, 수학 학원을 다녀도 영어 과 외를 받아도 성적은 늘 그대로였다. 그래서 이 나이엔 또 의당 그렇듯 막무가내식 고집을 부리며 "어쩔 수 없었어. 그땐 정말 지겨웠다고, 그러니까 다시 보내줘"라고 말했다.

그러자 엄마는 조금 고민하는 척하더니 알겠다며 며칠 뒤 집 근처에 있는 입시학원으로 나를 데려갔다. 원장과 상담을 하던 엄마는 이럴 줄 알았다면서 씩씩거렸지만, 내 눈에 엄마는 이 제라도 다행이다 안심하는 듯 보였다. 그 모습을 멀찌감치 지 켜보다 나는 상담실 밖으로 나왔다.

학원은 삼 년 전에 다니던 곳과 별반 다르지 않았다. 여전히 벽에는 학생들의 정물화와 수채화가 빼곡히 붙어있고, 이젤에 묻어 있는 물감 냄새마저 삼 년 전과 똑같았다. 마지막으로 공 기 중에 표표하게 떠다니던 종이 냄새가 코끝에 닿자, 누군가 내 귀에 대고 속삭였다. *지겨웠던 게 아니라 지쳤던 거구나.* 그 리웠던 목소리였다.

쿵.

뒤이어 묵직한 무언가가 떨어지는 소리가 들렸다. 눈동자를 크게 키우며, 나는 소리 나는 쪽을 향해 고개를 돌렸다. 자세히 보니 복도 끝으로 강의실 하나가 더 있었다. 가까이 가 창문 쪽을 내다보니 강의실 안에는 한 선생님과 남학생이 있었다.

'어? 우리 학교네.'

처음에는 나와 같은 교복을 입고 있어 관심이 갔다. 그리고 다음은 저 선한 얼굴과는 다르게 짓궂은 표정과 삐딱한 자세에 차례로 눈이 갔다. 나는 살짝 열려있던 창문 틈으로 이마를 더욱 바짝 붙이며 그들의 대화를 엿들었다.

"너 미대 안 갈 거라며, 그럼 왜 이 반에 있는 거야?"

"그럼 그러는 게 좋으니까요."

"입시 반에서 미대를 안 가겠다고 하면 그럼 어디 갈 건데?"

"대학 말씀이세요? 아마 웬만한 데는 다 갈 수 있을걸요?"

라고 말하고는 그가 교복 재킷 주머니에서 꼬깃꼬깃한 종이 한 장을 꺼내 선생님 앞으로 내밀었다. 얼핏 보니 모의고사 성적표 같았다. 그걸 본 선생님의 얼굴이 일그러지셨다.

"……그럼 취미 반으로 가. 굳이 이 반에 있지 않아도 되잖아."

"굳이 다른 반으로 갈 이유도 없잖아요. 애들을 방해하는 것도 아닌데."

전혀 상황과 맞지 않는 방글방글한 미소를 날리며 그는 그렇게 말했다. 선생님 얼굴은 이제 곧 터질 풍선처럼 부풀어 있었다.

"입시반 수강료가 달에 육십이야. 방학 땐 특강이다 뭐다 백만 원이 훌쩍 넘고, 니가 이러는 건 지금 불효지!"

"제가 이제 와서 미술을 그만두겠다는 것도 불효예요."

나는 괜스레 뜨끔했다.

"그러니깐 그 말은 즉, 지금 이 상황을 너희 부모님은 모르신다는 거야?"

"네."

"너희 집 부자니?"

"아빠가 부자긴 한데, 새엄마가 있어서 아직은 소개는 못 시켜드려요."

"……선생님이 지금 장난하는 거로 보여?"

"아니요. 그런데 지금 제 진로보다 급한 게 보여요."

"또 뭐라는 거야."

"쌤 스커트가……."

"?"

"쌤, 스커트 뜯어지셨어요."

"뭐?"

선생님은 순간 당황하며 스커트 이쪽저쪽을 확인하기 시작했다.

"거기 말고, 오른쪽이오. 엉덩이에서부터 쫙! 제 재킷이라도 빌려드릴까요?"

선생님은 빨갛게 달아오른 얼굴로 "나가"라며 딱 잘라 말했다.

"넵."

"푸핫."

니도 모르게 웃음이 나왔다. 놀라 손으로 입을 막으려는데 일순간 그와 눈이 마주쳤다. 그러자 그가 나를 보며 찡긋 웃는다.

순간, 마음 밖을 감싸고 있던 단단한 껍질 하나가 툭 하고 갈라지는 소리가 들렸다. 태어나 처음으로 마음 안이 몽글몽글 부풀어 오르니 밖을 감싸고 있던 단단한 껍질이 놀라 벗겨진 것이다. 그리고 이것은 말로만 듣던 첫사랑이었다.

'어떻게 이런 일이 가능하지?'

나는 갓 태어난 아이처럼 희고 보드라운 마음을 바라보며 생각했다. 그와 대화를 나눠본 적도 없고, 살아온 환경도 모르고, 하물며 저 아이의 이름도 모르는데 말이다. 그리고 엄밀히 따지고 들자면 저 아이는 내가 지금까지 동경하던 남자들과는 모든 면에서 다르지 않은가.

저 아이는 지나치게 감정적이고, 생각한 건 반드시 해야 할 만큼 자신의 열의도 조절되지 않는 듯 보였다. 그런데도 나는 지금까지 동경해오던 남자들과 단 하나의 교차점도 없는 저 아이를 좋아하게 된 것이다. 오로지 그의 눈빛과 웃음만으로.

그리고 문득 정신을 차렸을 땐, 그는 벌써 저만치 복도 끝으로 걸어가고 있었다. 걸음걸이에도 망설임은 없었다.

*

여기서 기대할까 봐 미리 말해두자면, 나는 그 아이에게 말한번 걸어보지 못하고 고등학교 생활이 끝이 났다. 어린 시절 엄마의 교육이 통한 것인지, 너무 조신하게 생각하다가 타이밍을 놓쳐버린 것이다.

그러다 졸업 후, 길에서 우연히 그 아이와 다시 마주쳤을 때도 비슷한 감정을 느꼈지만, 모양만 비슷할 뿐 색이 같지 않았다. 마치 깎은 채 그대로 두어 갈변된 사과처럼.

그렇게 또 몇 해가 지나고, 나는 여자다운 여자가 되었고, 몇 번의 사랑을 했으며, 몇 번의 이별을 하였고, 그 경험으로 사랑에 대한 책까지 쓰고 난 후에야 유일하게 첫사랑만이 사랑의 상흔을 남기지 않았다는 걸 알게 되었다.

분명 그 아이를 애달프게 좋아했는데도 말이다.

왜 그럴까? 아무래도 소년 소녀 시절 첫사랑은 순정만화처럼 조금 더 낭만과 환상의 영역에 속해 있어서 일까?

그나저나 어리광부리며 의지하는 아이스러운 여자만큼은 되고 싶지 않았는데……, 이번에는 어쩌다가 내 마음도 이렇게 스스로 단속하지 못할 만큼 그에게 빠져 버린 걸까? 역시 엄마가 그렇게 가르쳤는데도 난 정말이지 조심성 없고, 시시한 여자가 되고 말았다. '아…, 속상해. 속상하다고!' 나는 또 아이처럼 혼잣말로 투덜댄다.

7/   짝사랑

　언제부터였는지 생각한다. 언제부터 이 조그마한 휴대전화
가 마냥 무겁게 느껴졌는지…….

　그 사람의 연락을 기다리고서부터일까? 이윽고 기다리던 전
화가 걸려온다. 나는 볼륨 키로 음량을 키우며 전화를 받는다.

　수화기 너머에 그의 목소리는 미덥지 못하다. 목소리 자체라
기보다는 수화기 너머의 세계가 내게 이질적인 것이다. 이곳과
그곳, 그 사이에는 왠지 모를 막이 존재한다.

　그래서 나는 더없이 간절하게 그가 있는 곳에 닿고 싶어 수
화기를 더욱 귀에 가까이 댄다.

　그렇지만 그와 통화하는 순간만큼은 즐겁다. 용건이 있어 전
화했더라도, 그가 내 마음과 다르더라도, 그의 목소리를 들으

면 고양된 감정을 주체할 수가 없어 이 좋아하는 마음이 티가 나지 않도록 적당한 시간을 계산해 대답해야 한다. 이미 목소리에 속마음을 다 들켜 버린 채 말이다.

"그럼, 또 연락할게요."

"네……."

늘 그렇듯 짧은 침묵 후 전화가 끊긴다. 일상이 가볍게 다시 비일상이 되는 순간. 곧 전화기 무게가 손안에 가득 느껴지고, 또 한 번 그가 닿지 않는 사람이라는 사실이 명백해진다.

창문을 열자, 봄바람에 커튼이 펄럭거렸다. 오늘은 다섯 번째 소개팅이 있는 날이다.

고백한 남자에게 도무지 마음이 생기질 않는다며, 거절당한 지 벌써 일 년째. 그래도 이렇게 가끔씩 연락하는 사이가 된 건 순전히 나의 노력이었다.

우리는 지난 몇 년 동안 가까운 동료였고, 같은 일을 하다 보니 말하지 않아도 서로의 고민쯤은 알고 있었고, 모두가 그렇듯 살아내는 게 버거운 사람들이었다.

그런 그와 단둘이서 술을 마시게 된 건 우연보단 필연으로 회사 신년회가 끝나고, 한 잔 더 하고 가지 않겠냐며 그가 먼저 제안을 했다. 평소 그에게 호감은 있었지만, 호감만으로 몇 년 동안 일어나지 않았던 일이 단둘이 술을 마신다고 해서 새삼 일어날 것 같지도 않아 흔쾌히 그를 따라 한 호프집으로 갔다.

"맥주 잘 마시네요?"

"자랑인지는 모르겠지만 샴페인 빼고는 다 잘 마셔요."

"자랑이네요."

"감정도 잘 못 숨기고요."

"그것도 자랑이네요."

"네. 그래서 말인데요……."

굳이 그에게 반했던 점을 말하자면, 그에게는 내게 없는 순수성이 있었다. 내가 생각하는 순수한 사람이란 사고와 태도가 일관된 사람을 말하는데 그런 면에서 그는 생각하는 대로 나아가는 사람이었다. 늘 타인을 의식하며 살아온 내게는 절대 있을 수 없는 장점. 하지만 그건 그저 반했던 점이고, 내가 그를 좋아하게 된 건 장점이나 결점과는 아무 상관없이 그냥 무조건이었다.

"혜현씨를 좋아하는 것 같아요."

그 어린애 같은 순수함으로 어떤 유의 씩씩함까지 내보이는 그를 보고 있으니 키스하고 싶다는 생각이 들었다. 그러면서도 겉으로는 아주 어른스러운 우드 향을 뿜어내던 그와 그날 밤을 함께 보냈다.

두 번째로 같이 잠자리를 한 날, 새근새근 자는 그의 얼굴을 보며 그가 내 것이었으면 좋겠다고 생각했지만, 다행히 생각을 얼굴에 드러낼 만큼 경험치 없는 여자는 아니었다.

다음 날 아침 그가 연락할게요, 라고 말하고 헤어졌다. 나는 그럼 기다리면 되는 걸까, 생각하며 꾸벅꾸벅 졸면서 집으로 갔다. 흠칫 놀라 눈을 떴을 때는 내려야 할 정거장을 막 지나치고 있어 다급하게 버스를 세우고는 내렸다.

아직은 아침의 범주 안에 있는 햇살을 받으며 집으로 걸어가다가, 문득 이래저래 알고 지낸 지 삼 년이 넘는 시간 동안 그와 한 번도 전화 통화를 한 적이 없다는 게 생각났고, 그러자 벌써부터 마음이 두근거렸다.

그러나 삼 일 후에 연락한 그는 그냥 친구로 지내자고 말했다. 딱 부러지는 말투였다. 오히려 어쩔 줄 모르는 건 나였다.

"아, 그래요. 그럼 그렇게 해요."

라고 내 입으로 말해놓고도 마치 다른 사람이 말한 것처럼 불편하고 부자연스럽게 들렸다.

받아들이면 될 일이었는지도 모른다. 지금 와서는 가끔 그런 생각도 해본다. 그냥 인정하고 받아들였으면 간단한 일이었는지도……. 하지만 모든 청춘드라마 속 흔해 빠진 장면들처럼 사랑에 빠진 쪽은 언제나 현명하지 못하다.

그날 이후, 날마다 머릿속에서는 두 가지 감정이 싸워댔다.

지금까지 그에게 했던 모든 말과 행동을 후회했으며 그리고 나면 언제나 그에 대한 분노가 찾아왔다. 그러다 보니 그가 없는 곳에서도 그와 함께 있는 기분이었고, 나의 시간도 모조리 그가 가져가는 것 같았고, 그때마다 내가 느낀 감정은 상실이란 단어로 표현하기에는 턱없이 부족했다.

그리고 무엇보다 곤란한 건, 내 마음속 어딘가에서 그의 말을 인정하지 못한다는 사실이었다.

사실은 언제나 나를 송두리째 무너뜨린다.

나는 미친년처럼 보일 위험을 무릅쓰고 날마다 그에게 전화해 왜인지 물었고, 초점 없이 따졌고, 아무렇지 않게 마주 앉아 그와 밥을 먹었다.

그는 미친 여자처럼 구는 나를 지켜봤고, 나 역시 이런 나에게 점점 넌덜머리가 났다.

그렇게 또 얼마간의 시간이 흘러 그를 잊기 위해 몇 번의 소개팅을 했고 오늘이 벌써 다섯 번째 소개팅 날이었다. '오늘은 또 누구랑 재미없는 시간을 즐거운 척 연기하며 보내야 하나'라고 생각하며 나간 소개팅에 마음에 드는 남자가 나왔다. 이런 건 로또 당첨만큼이나 어렵다는 걸 지금까지의 소개팅만으로도 충분히 알 수 있었고, 오늘 역시도 기대가 전혀 없던 터라 나로서도 조금 놀랐다. 그는 외모도, 말수도, 하물며 손톱마저 부족하지도 넘치지도 않았으며, 내가 딱 알맞게 좋아하는 스타일이었다.

"공기업에서 일하신다고요?"

"네. 혜현 씨에 비하면 흥미로운 일은 아니죠. 저는 주로 데스크 담당이라 근무 표를 정리하거나 하루 종일 회의 자료 만들거나 그런 일해요."

"아…. 왠지 스트레스 안 받고 편할 것 같아요."

나 스스로도 방금 한 대답이 너무 재수 없게 느껴졌다. 편할 거라니. 꼴에 작가라면서 멋대로 직업과 삶의 질까지 재단한 거야 지금? 라고 생각하는데 소개팅 남자는,

"맞아요. 그리고 제가 남들에 비해 스트레스를 잘 안 받는 것 같기도 해요. 허허."

라고 말하고 평온한 얼굴로 아주 어른스럽게 웃었다. 그 순간 그에게도 이런 여자가 필요한 게 아닐까, 하는 생각이 들었다.

평범한 회사에서 일상적인 일을 하는 여자. 나처럼 성격이 들쑥날쑥하지도, 감정에 잘 휘둘리지도, 사랑을 버겁게 하지도 않는 여자. 같은 직업이 아니라 서로의 고통을 이성적으로 바라봐 줄 수 있는 여자. 그런 여자와는 모든 게 수월할지도 모른다고……

'맞아. 그런 여자와 함께라면 나라도 행복하다고 느끼겠어.'

그러자 미약하게나마 남아있던 그에 대한 모진 감정이 사라지는 것 같았다. 사실 알고 있었다. 그동안 그가 했던 변명들은 날 수치스럽게 만들었지만, 그에게도 모진 의도는 없었다는 걸.

우리가 함께 보냈던 밤, 그의 눈빛과 행동엔 어떤 거짓도 없다는 걸 누구보다 내가 잘 안다. 왜냐하면 나 역시 그와 같은 종류의 사람이니깐.

물론 그를 진지하게 좋아했고, 차였는데도 불구하고 그래도 문득문득 나중에라도 다시 잘해볼 기회가 있지 않을까? 하는 기대도 했었다. 하지만 모든 기대는 결국 지겨워지기 마련이다. 짝사랑도 언젠가는 지치기 마련이다. 오늘이 왠지 그 날인 것 같았다.

"석현 씨 영화 좋아하세요?"

"네! 영화는 다 좋아해요."

"그럼 같이 영화 보러 갈래요?"

보고 싶었고, 보고 싶고, 앞으로도 보고 싶을 사람이란 건 틀림없는 사실이지만. 언젠가 그 사실이 나를 또 무너지게 만들지라도. 오늘부터는 그를 보지 않고도 그럭저럭 살 수 있을 것 같다.

서로의 서로가 되고 싶었던 우리

내가 너의 마음을 오래 들여다봤던 건
네가 나와는 너무나 달랐기 때문이야.

다른 너를 그토록 이해하고 싶었던 건
그런 너를 내가 사랑하고 있었기 때문이야.

8／   좋아하는 말보다 좋아하는 마음이 먼저

유치원생 때인가 아니 초등학생 때쯤인가? 아무튼 과학실험
으로 양파 키우기 숙제를 한 적이 있다.

물이 삼분의 이쯤 담긴 유리컵 두 개에 양파를 각각 담가, 한
쪽엔 긍정적인 말을 다른 한쪽엔 부정적인 말을 하면서 뿌리가
자라는 속도를 보는 관찰 숙제인데, 나는 뿌리가 자라는 걸 보
기도 전에 좀 더 근본적인 문제에 봉착했다.

양파가 자꾸만 썩어버리는 것이다. 물을 갈아줘도, 긍정적인
말을 해주어도, 홧김에 부정적인 말을 퍼부어도 결과는 같았
다.

그날 죽은 양파의 혼이 씌었던 건지 나는 그때부터 뭔가를
키우는 데는 영 소질이 없었다. 식물은 정성의 영역과는 아무

런 관계없이 오로지 재능만이 필요한 건 아닐까, 라고 생각할 만큼.

오늘도 베란다 앞에 서서, 말라버린 화분들을 바라보며 물을 마시고 있었다.

자리를 잔뜩 차지하던 관엽 식물도 이젠 몇 개 남지 않았고, 손이 많이 안 간다던 선인장도 어느 샌가 뾰족했던 가시의 기세를 모두 잃어버렸다. 나는 안쓰러운 마음에 마시던 물을 싹이 조금 남은 화분에 따르다가 문득 그날 일을 떠올렸다.

"식물은 물을 잘 주는 것도 좋지만, 먼저 잘 돌보겠단 마음을 갖는 것이 중요해."

결국 양파 키우기 숙제를 망쳐 울먹이던 나에게 엄마는 말했다. 물을 주던 것도 예쁜 말을 해주던 것도 처음 며칠뿐, 어느 순간 애정이 식어버려 양파를 방치해 둔 책임감 없는 딸에게 말이다.

그렇다. 사실 양파의 혼 따위는 다 변명거리고 정성의 영역도 좁디좁은 나로서는, 내가 좋아서 시작한 일도 항상 처음 가졌던 열정만큼 해내지 못했다.

나는 얼마만큼 더 자라야 열정과 언동 그 사이의 적당한 거리를 익히게 될까?

부유

Ⅲ. 평평함에 대하여

1/ 새로운 자유를 얻으려면

요즘 모 포털 사이트 상단에 올라오는 일본어 문장을 매일 외우고 있는 중이다. 다음날이면 어김없이 다른 문장으로 교체해주니 편리하며 무엇보다 한 문장이라 버겁지 않다.

사실 지난 몇 년간 일본어를 배우고 싶다고 생각했었다. 그런데 이 마음을 구체화시킬 명분이 없었고 "차라리 영어나 중국어를 배우지그래?"라며 별생각 없이 던진 주위 사람의 딴지에 망설여야 했고, "일본어를 배워서 어디다 쓰려고?"라고 묻는 엄마의 돌직구에 나 스스로도 점점 배우겠다는 의지가 쪼그라들었다. 하지만 근래 든 생각,

'모든 일에 꼭 이유와 가치가 있어야 해? 그냥 뇌가 더 늙어 주름이 자글자글해지기 전에 배움의 보톡스라도 놓아 뇌 속을 팽팽하게 만들고 싶다는 이 간절함이면 충분한 거 아니야? 그

리고 그렇게만 된다면 주름 속에 끼어있던 쓸데없는 잡념도 없앨 수 있고, 왠지 그 후에는 반질반질한 새 세상이 열릴 것 같단 말이야.'

더군다나 이건 불가능한 일도 아니다. 내가 일본어를 배워서 AKB48 아이돌 오디션을 볼 거라고 말하는 게 아니지 않은가. 외국어는 춤이나 노래처럼 재능과 기술을 겸비해야지 할 수 있는 것도 아니고, 나의 의지로도 충분히 해낼 수 있는 일이다.

다음날 나는 '무'라도 썰 기세로 종로에 있는 한 유학원에 가서 육 개월 일본어 단기 연수를 신청했다. 자고로 그 나라의 언어를 배우려면 그 나라에서 살아보는 것이 먼저라고 생각했기 때문이다. 하지만 당장 떠날 수 있는 프로그램이 없었고, 나는 아쉬운 마음에 대신 같은 건물 한 층 위에 있던 일본어 학원에 등록했다. 그렇게 시작된 나의 일본어 배우기.

정말이지 새로운 언어를 배운다는 건, 새로운 연애를 시작하는 것만큼이나 설레는 일이었다. 또한 이제껏 써오던 단어들이 마치 새 옷을 갈아입은 것처럼 색다르게 느껴졌고, 문화권에 따라 사물을 보는 이미지가 다르다는 점도 나를 흥분시켰다.

예를 들면, 얼마 전 배운 일본어 중 'ユーフォー キャッチャー(유에포케챠)'라는 것이 있다. 직역하면 'UFO의 팔'로 일종

---

2. AKB48(エーケービーフォーティエイト) : 일본의 여성 아이돌 그룹(일본의 방송 작가·작사가·영화감독·프로듀서·각본가인 秋元康 가 기획하여 2005년 12월에 데뷔), 秋葉原의 전용 극장에서 매일 팀별로 공연을 함.

의 뽑기 기계를 뜻한다. 오락이 발달한 일본은 거리 곳곳에 게임 센터가 즐비한데 그 안에 인형, 장난감, 과자 하물며 바닷가재까지 원하는 것을 가질 수 있는 다양한 뽑기 기계가 있다. 그러니까 만약 한국 사람이 길이나 혹은 오락실에서 이런 뽑기 기계를 보면 "어? 인형 뽑기다"라고 말한다면, 일본인들은 "어? 유에프오 팔이다." 이렇게 부르는 것이다. 일본인들이 그걸 그렇게 부르는 이유는 원하는 것을 잡기 위해 움직이는 회색 몸통 부분이 마치 우주선 모양 같고, 그 아래로 물건을 집는 부분은 외계인의 팔처럼 보이기 때문이란다.

아! 또 며칠 전 배운 단어는 일본에서도 자주 쓰이는 말로 'あのね(아노네)'이다. 한국말로는 '저기'쯤으로 해석할 수 있는데 지시대명사인 '저기'가 아니라 친밀감을 가지고 이야기의 처음이나 중간에 끼워 말을 연결할 때 주로 쓰인다. 예를 들면 '저기 말이야….' 이렇게.

특별한 단어가 아닌데도 무슨 연유에서 인지 내 마음에 꽂혀 버렸다. 망설이는 것 같지만 잠시나마 다음에 이어 나올 자신의 생각을 확인하고, 둘 사이 관계를 보호해주는 단어 같았다.

그렇게 한동안 나는 밥을 먹을 때도 입에 넣자마자 "오이시(おいしい: 맛있다)"라며 일본어로 감탄했고, 먼저 귀가 뜨여야 한다는 핑계로 주말에도 채널 J(일본 방송 채널)를 보며 유난을 떨어 가족의 짜증을 유발했다.

하지만 이번만큼은 절대 굴하지 않았다. 어느 날 내가 정말 일본에서 오디션(여기서 오디션이라면 책과 관련된 일이겠지만)을 보게 될지도 모르니 말이다.

'열심히 일본어를 공부하다보면 분명 내 귀가 뻥 뚫리는 날이 올 거야. 그때쯤엔 입만 열어도 마술처럼 일본어가 술술 흘러나오겠지? 그럼 나는 더욱 멀리 가야지. 도쿄도 오사카도 아닌 일본의 구석구석을 탐방하고 더 멀리 남들이 가보지 못한 곳도 갈 수 있을 거야.'

그리고 다행히 이런 결의는 일 년 뒤, 내가 교토에 내렸을 때도 아직 내 마음속에 단단히 자리 잡고 있었다.

2/   자신이 있을 장소를 정한다는 건

화요일 저녁 무렵 교토에 도착했다.

사 년 만에 온 교토는 고집스럽게 아무것도 변하지 않았다. 카모 강변[Kamo River]의 밤 풍경을 바라보자 스물세 살 여름, 더위가 한창일 때 맨발로 이 강물에 발을 담갔던 기억이 났다. 물을 무서워하고 젖는 건 싫어하는데 어디서 그런 씩씩한 마음이 나왔는지 모르겠다.

그때는 용기였을까?

만약 그것에 용기였다면, 용기는 자유롭고 싶은 마음이 두려움을 이길 때 나오는 것이란 생각이 들었다. 스물세 살의 나는 자유롭고 싶은 여자였나 보다.

오랜만에 만난 카모 강은 여전히 평화롭고 슬펐다. 교토는 항상 이런 이중적인 감정이 들게 한다. 나에게 처음과 끝을 알려준 도시.

패밀리 레스토랑에서 하루 여덟 시간을 일하며 번 돈으로 처음으로 혼자 여행을 와 본 곳이며, 사랑했던 사람과 헤어진 곳이기도 하다.

사 년 전에 교토에 왔을 땐 앞서 두 번의 이질적인 경험 때문인지, 감정이 폭풍 전야 상태로 고요히 있다가 한순간에 와르르 무너져 내렸다. 타국에서 감정이 무너진다는 건, 마치 벌거벗은 상태로 교차로 한복판에 서 있는 것과 비슷한 기분이다.

주체할 수 없이 창피한데 피하기엔 이미 늦어버린…….

그래서 한동안 교토에 가지 않았었다. 그러던 어느 날, 다시 교토에 가고 싶다는 강렬한 욕망이 치솟았다. 그 욕망은 카페에 앉아 세 번째 책을 쓰고 있을 때 찾아왔다. 두 번째 책이 나오고 벌써 일 년도 더 지났다. 그동안 나의 생활은 지나치다 싶을 만큼 나태하고, 머릿속은 잡생각으로 대혼란의 시기를 겪고 있었으며, 마음은 마치 마약중독자처럼 어떤 의지도 없었다.

우연히 이번 생에 작가라고 불리며 살아가고 있는데, 이렇게 의지도 감정도 없어서야 뭘 할 수 있단 말인가. 직책을 버리던가 책을 내놓던가 둘 중 하나는 하란 말이야, 라며 매일 나를 다그쳤다.

내가 오로지 원했던 건 한 문장이었고, 그 문장을 쓰기 위해선 감정이 필요했다. 생각이 아닌 감정이 말이다.

그리고 설령 그것이 벌거벗은 상태로 교차로 한복판에 서 있는 것과 같은 기분을 주더라도, 그 창피한 감정으로라도 마음에 드는 문장을 쓸 수 있다면, 난 악마에게 영혼을 싹 다 팔아버릴 각오로 지금 여기에 온 것이다.

충실한 하루였다.

어떤 기분 전환이나 휴식도 없이 하루에 구천 자씩 글을 썼다. 대략 원고지 오십 장 분량이었다. 이곳에 온 뒤로 줄곧 말이다. 원고는 하루가 다르게 늘어 갔고, 마음에 드는 문장도 눈에 띌 정도로 많아졌다. 하지만 그런데도 불구하고 충족되기보다는 마음 한편이 자꾸만 외로워졌다. 마치 마라톤 대회에 혼자 참가해 뛰고 있는 기분이었다.

아무래도 나에겐 동무가 필요한 듯싶었다. 밤길에 가로등 같은 환하고 든든한 그런 존재가.

그때 코타로상을 만났다.

그는 호스텔 직원으로 일본인 특유의 상냥함이 탑재되어있는 남자였다. 그는 내가 맹하고 덜떨어지게 구는 상황에서도 평정심을 유지했고, 위기 상황은 늘 침착하게 해결해주었으며, 더군다나 "당신은 분명히 좋은 스토리텔러가 될 거야"라고 말하여 나의 자존감까지 높여주었다. 나는 그의 칭찬을 야금야금 받아먹으며 매일 그를 더 재밌게 해주기 위해 노력했다. 그러다 문득 깨달았다.

'내가 일본어를 할 수 있다니…… 내가 일본어로 사람을 웃길 수 있다니!'

나의 감정을 고스란히 다른 언어로 옮겨 담는 스스로에게 감동했다. '이거야말로 내가 원하던 마술처럼 일본어가 술술 흘러나오는 상황이잖아?' 물론 사이사이 영어와 한국어 그리고 손짓 발짓도 끼워 넣어야 했지만, 지금까지 내 입술에 채워져 있던 자물쇠가 툭 하고 끊긴 건 분명했다.

그렇게 '대화'는 내가 여행하는 동안 발견한 잘할 수 있는 일 중 하나였다. 사실 평상시에도 나는 조잘대는 걸 좋아한다. 수다쟁이라고 불러도 좋을 만큼.

그런 이유에서 코타로상은 또 아주 좋은 청취자였다. 가끔 내가 건네는 추상적인 질문들, 이를테면 "사랑의 용도는 무엇일까요?" 혹은 "일본에는 왜 남자 작가가 많아요?" 등으로 귀찮게 할 때도. 그는 그 특유의 겸손한 태도로 "음, 아마……"하며 자신의 생각을 조심스럽게 들려주었다.

그의 어떤 말에도 확언과 조언은 없었다. 그러다 보니 나는 극기야 이 외국인에게 연애상담까지 하게 되는데, 앞뒤 상황을 다 잘라먹은 나의 플롯 없는 연애 스토리에도 그는 성실한 청취자로 임했다.

"무라카미 하루키는 책을 쓰면, 첫 번째로 자기 부인에게 보여준대요."

"맞아요. 부인이 자신의 첫 번째 독자라고 했어요."

"그 이야기를 듣고 감동했어요."

"그렇죠. 부인이 재미없고 별로인 부분을 체크해주면 믿음이

가서 다시 보게 된다고."

"하지만 같은 직업이었으면, 아마 하루키는 안 보여줬을 거예요."

"?"

"부인이 작가였다면, 체크는 평가가 되었을 거고 상황은 불편해졌을 거예요."

"음, 듣고 보니 그러네요."

"그래서 나는 지금 남자친구가 책을 하나도 읽지 않는 사람이라 좋아요(웃음)."

"(웃고)."

"하지만……, 그래서 조금 외로운 것 같기도 해요."

"……무슨 말인지 알 것 같아요."

그의 조용하고도 섬세한 표정을 바라보다가 두연 교토에 오길 잘했다는 생각이 들었다. 고민을 털어놔서인지 의식 속을 일정하게 맴돌던 불안도 서서히 증발을 했다.

그래, 어쩌면 외로움에 무뎌지는 것이 더 편할 수도 있다. 외로움은 인정할 때 비로소 부드러워질 수 있는 힘이 생긴다.

이제야 겨우 내가 있어야 할 곳을 찾은 것 같았다.

지금까지는 난폭하고 희한한 일이 다분하게 일어나는 이 세상에서 내가 머물 장소가 없다는 일견 정확해 보이는 사실이 항상 날 두렵게 만들었고, 그럼에도 있어야 할 곳을 정해야 한다는 건 내겐 늘 어려운 선택이었으니까.

나는 지난 몇 년간 길을 잃고, 방황하며, 나태했던 내 모습을 받아들인다. 슬픔도 외로움도 원래 내 것인 양 다시 데리고 다니기로 했다. 그러자 저기 멀리서 의지가 돌아오고 있는 게 보였다.

다시 만나 반갑다.

마음 맨 아래에 행복의 싹이 튼다. 나는 마음 아래 핀 이 작디작은 행복을 초조함 따위로 절대 짓밟지 않으리라 다짐한다.

상실의 궤적軌跡

한 권의 책을 완성한다는 것은
아름다운 풍경을 바라보는 것과 닮았다.
순간 이후부터 상실이 따라온다는 점이

풍경은 지나간 순간부터 눈앞에서 사라지고
책은 출판된 순간부터 정동情動과 끈이 끊어진다
그리고 완전히 소멸되면 곧바로 울음이 터져 나온다는 점까지

결국 나의 모든 걸음은 상실의 만들어 낸 흔적이다.

3/   약간 지옥에 가까이 간 것 같네요

배낭에서 엊저녁에 사둔 크런치 초콜릿을 꺼내보았다.

한 입 먹을까? 하고 고민하다가 "안 돼!"하며 다시 배낭에 넣었다. 왜냐하면 이건 오늘 모험을 위한 비상식량이기 때문이다. 마치 운동을 시작하기 전에 운동복을 사는 것 같이 또는 '매일 일기 쓰기'라는 새해 다짐을 실천하기 위해 먼저 일기장, 펜, 심지어 포스트잇까지 준비하는 것처럼 모험 역시 시작하기 전에 식량이 있어야 더욱 본격적인 느낌이 든다. 그리고 노래도.

나는 휴대폰으로 음악 앱을 켜 스티비 원더에 'Overjoyed'라는 노래를 들으며 오미타카시마[近江高島]행 기차에 올랐다. 오늘 모험을 떠날 장소는 시라히게 신사[Shirahige Shrine]이다.

일본 시가현[滋賀県]에 있는 시리하게 신사는 교토에서 한 시간가량 기차를 타고, 내려서 사십 분 정도 해안 도로를 따라 건다 보면 국도변에 위치해 있는 유서 깊은 사당이다.

나는 정확히 말하면 그 사당이 아닌 사당 앞 호수에 떠있는 도리이鳥居를 보러 가는 것인데, 이걸 보기 위해 교토까지 왔다고 해도 지나침이 없을 정도로 우연히 인터넷에서 본 그 도리이의 모습은 가히 장관이었다. 물론 사진 속에서는……. 실제로 그 도리이를 보자, 나는 두려움에 벌벌 떨며 내 병을 얕본 대가를 받아야 했다.

해안 도로를 따라 삼십 분쯤 걸었을 때 저기 멀리서 도리이의 가로대가 보였고, 그 순간 나의 심해 공포증에도 경보등이 켜졌다.

심해 공포증은 일반적으로 깊은 바다를 보면 비정상적으로 두려워하는 증상을 말하는데, 그도 그럴 것이 비와호는 말이 호수지 일본에서도 가장 크기가 큰 호수로 면적은 670km² 서울시보다도 넓었다.

"더 이상 못 가겠는데……."

나도 모르게 혼잣말로 중얼거렸다. 그리고 나니까 불안의 색이 더 짙어지며 손발에 땀이 나기 시작했다. 사실 오기 전부터 이럴 거란 걸 알고 있었다. 나의 심해 공포증은 한마디로 치유 불능의 중증 상태였기 때문이다. 그런데도 이걸 보기 위해 떠나온 곳을 떠나 한참을 달려온 것이다.

도리이(鳥居) : 전통적인 일본의 문으로 일반적으로 신사의 입구에서 발견된다.

삶은 이미 예상치 못한 두려움으로 넘쳐나거늘 그것을 까맣게 잊고, 나 스스로를 친히 이 두려움 밭으로 모셔오기까지 하다니…… 참으로 한심했다. 정말이지 나는 잘못과 후회를 일정하게 반복하며 점점 더 멍청이가 되어가는 것 같다.

아무튼 더 가지도 못하고 그 자리에 서서는 심하게 후들거리고 있는 다리에게 아니 마음에게 괜찮다고, 괜찮을 거라고 아무리 간절하게 말해도 마음은 믿지를 않았다. 이럴 때면 꼭 지옥에 가까이 간 기분이다.

나도 더 이상 어쩔 방도가 없으니까.

그렇게 두려움으로 마음이 약해진 틈을 타 맨 밑바닥에 있던 불안과 공포 그리고 죄책감이 활기를 띠며 용암처럼 계속해 솟구쳐 올랐다. 더군다나 너무 멀리 와버린 게 아닐까, 하는 걱정까지 가세해 나는 점점 자기혐오 속으로 빠져들어 가고 있었다.

"그러게 왜 이렇게 멀리까지 온 거야."

이제 내 주위는 두려움이 낳은 불안과 불안이 낳은 공포로 가득 찼고, 그런 어두운 공기를 계속해 흡입하다보니 이제는 환각 상태가 되어 나는 어떤 일이든 저지를 수 있을 것만 같았다. 그리고 설상가상으로 두려움마저 날 돕고 있었다.

"혹시 이런 말 들어봤어? 두려울 때가 능숙해지는 때고, 괴로울 때가 성장하는 때라는 말 말이야. 지금이 바로 네가 성장할 수 있는 '기회'야."

"……."

"자, 이제 한 발 앞으로 내디뎌."

두려움이 그렇게 우렁차게 말하니, 정말로 내가 지금 할 수 있는 일이 그것뿐이란 사실이 돌연 분명해졌다.

'그래. 내가 지금 할 수 있는 건 그냥 뒤돌아 아무것도 못 본 채 돌아가던지, 아니면 저것을 제대로 마주하고 이 두려움에서 벗어나던지 둘 중 하나야.'

나는 일단 고개를 들었다.

그리고는 호수 위에 떠있는 도리 이를 똑바로 마주했다. 아니 그것은 매섭게 노려봤다. 그러자 불가능도 전부 가능할 것 같은 상태가 되었다. 순간 내 스스로가 낯설게 느껴졌다.

하지만 어느새 똘똘 뭉친 두려움이 앞에서 나를 이끌어주었고, 나의 두 다리는 계속 앞으로 나아갔다.

혹시 두려움에 녹아버리면 어쩌지 또 두려워하면서…….

*

그다음 일은 잘 기억이 나지 않는다. 마치 잠을 자고 일어난 것처럼 정신이 들었을 땐 난 도리이를 마주 보며 초콜릿을 먹고 있었다.

내 안 어디에도 두려움의 모습은 보이지 않았다. 더 이상 벌벌 떨고 있지도 않았다. 오히려 마음이 말캉해져 '그동안 날 지긋지긋 괴롭히던 공포증이 정말 사라진 게 아닐까?'하는 의구심마저 들 정도였다. 살랑살랑 흔드는 강아지 꼬리처럼 몸도 너무나 가벼웠다.

그렇게 비와 호 위에 둥실둥실 떠 있는 내 마음을 가만히 바라보다가 일어나 무척 개운한 기분으로 기지개를 키고는 남은 초콜릿을 도로 가방에 넣었다. 아직 집으로 돌아갈 모험이 남아 있기 때문이다.

그리고는 사당 앞으로 가 이 신사 어딘가에 계실 신에게 감사 인사를 전했다.

지난 수년간 내 발목을 잡고 늘어지던 심해 공포증으로부터 조금은 자유로워진 것에 대하여.

4.   괜찮아, 나는 기본적으로 산뜻하니까

교토에 오기 전 나는 살짝 짝사랑 중이었다.

살짝궁 빠진 사랑에도 우울증에 걸려 점점 생기를 잃고, 못 생겨지고 있었다. 그리고 도무지 마음을 가만히 앉혀둘 수 없다는 것이 내가 떠나게 된 이유 중 하나이기도 했다. 하지만 그러면서도 내심 불안했다.

'동행자가 휴대폰이라니…. 그에게 연락할 게 뻔하지 않은가?'

그는 다부진 몸을 가진 아주 잘 생긴 청년이었다. 그는 밤마다 나에게 옛날이야기를 들려주고, 불어로 된 책도 읽어주며, 좋아하는 노래도 반복해 불러주었다. 이런 위험한 매력을 지닌 그와 함께한 일주일은 내가 지금껏 써온 어떤 사랑 이야기보다도 아름다웠다.

그가 날 사랑해주면 얼마나 좋을까.

끔찍한 소망이 이루어지길 바라며 결국 여기 와서도 매일 밤 기도하는 날이 이어졌다. 낮 동안에는 그의 생각을 피할 수 있었지만, 밤이 되면 그가 한시도 내 곁을 떠나질 않았다.

그러다 우연히 한 여자를 만났다.

도쿄에 살고 있는 스물세 살 여자. 어딘지 초연하고 어딘가 결의가 넘치는 여자. 그녀와의 시작은 보조배터리를 빌리는 것부터였지만, 나는 그날 그녀와 함께 다섯 시간 동안 인생을 논하며 교토의 구석구석을 누볐다.

그녀는 교토가 고향이고 대학생이 되어 도쿄로 상경해 현재는 한 살 어린 남자친구와 함께 살고 있다고 했다. 그러면서 일 년 뒤에 그와 결혼할 거라고, 물어보지 않은 질문에도 답을 했다.

하고 싶다도 아니고 할 거라니. 대체 스물세 살에 저 단호함은 어디서 나오는 걸까? 라며 바라보고 있다가 나도 모르게 한숨처럼 말이 새어 나왔다.

"나는 결혼이 무서운데……."

나는 정말이지 결혼이 무서운 상태였다. 결혼하기에 완벽하고, 절대적으로 현명하며, 나만 바라보는 남자가 내 곁에 있는데도 말이다. 따뜻함이 넘치는 그런 남자를 옆에 두고도 다른 남자를 원하는 것이 과연 현명한 일일까? 순간 나조차도 회의

심이 들었다.

나이는 집요하게 따라왔고, 나는 어느덧 서른둘이 되었다.

서른을 넘기고 나면 슬슬 혼자 하는 여행에도 진력이 나고, 대신 한 남자와 남은 삶의 여정을 꾸리고, 같이 살 집을 구하고, 그 집에 대한 대출금을 함께 갚아 나가고, 서로의 가족 일에 관여하고, 상식적인 선에서 싸우고, 도망갈 곳이 없다는 사실을 인정하며 화해하고, 그러다 아이를 낳고, 그 아이의 동생을 낳고, 아이들이 그린 그림이 집 안 곳곳에 붙어있고, 그때즈음엔 된장찌개도 잘 끓이고, 식탁에 된장찌개를 올리면 숟가락 세 개가 동시에 달려드는 행복을 나도 내심 기대하고 있었다.

그런데 아니었다. 아직은 내가 원하는 장면이 아니었다.

그리고 무엇보다 현재는 사랑스럽고 행복해 보이는 이 여자가 알고 보니 자주 바닥끝까지 우울해지며 어떨 땐 아이보다도 더 많은 보살핌을 필요로 한다는 사실을 알게 될까 두려웠다.

'내가 정상이지 않을까, 다들 진짜로 결혼이 하고 싶은 걸까?'

아니라고 다들 나와 비슷할 거라고 말하고 싶었지만, 점점 내 주위에서는 한 남자, 한 여자를 만나 가정을 꾸리기 위해 떠나갔다.

갑자기 문득 저 스물셋 도쿄 여자의 단호함이 부러워지며, 친구 중 처음으로 결혼한 친구가 했던 말이 떠올랐다.

"결혼을 한다는 건, 색깔 놀이하는 거랑 같아. 파란색에 노란색 섞으면 초록색이 되잖아. 알면서도 섞잖아. 그것처럼 둘의 인생이 섞이면 다른 색이 될 걸 알면서도 섞는 거야. 혹여 인생이 좀 더 즐거워질까 싶어서."

나는 곧장 도쿄여자와 헤어져 숙소로 돌아와 그 친구에게 전화를 걸었다. 지금은 위기 상황이니 친구의 이성적인 조언, 아니 구원이 필요했다.

친구가 전화를 받자마자 마치 질풍노도의 시기를 보내고 있는 사춘기 아이처럼 근간 내게 벌어진 짝사랑에 대해 털어놓고, 현재 내 상태에 대해 설명한 뒤, 이런 내가 정말 결혼해도 되는지에 대해 물었다. 내 목소리가 내 귀에도 절박하게 들렸다.

이제 친구는 이런 날 따뜻하게 껴안으며 위로의 말을 해줄 것이다, 라고 생각하고 있는데…….

"일단 그 남자는 너무 찌질해. 그리고 넌 옛날부터 찌질한 남자를 좋아했어."

"……."

"있지. 친구로서 말해주는데, 너 그 남자 선택하면 분명 땅을 치고 후회해."

"그와 만나면 몇 시간이든 대화가 가능해. 그만큼 잘 통한다고."

"그럼, 다른 면에서 안 통하겠지."

친구는 아주 매서운 목소리로 배트를 휘둘러 힘껏 내 짝사랑을 쳐버렸고, 다시는 내가 짝사랑 따위로 멍청하게 굴지 못하도록 내 마음 밖으로 장외 홈런까지 만들어버렸다. 그러고도 아직 부족한지 내 손을 잡고는 다시 나를 결혼의 문 앞에 데려다주었다.

"연애는 연애고, 결혼은 결혼이야. 이미 다 해봤잖아. 그러니까 이제 결혼해."

"너도 알다시피… 나는 조금 이상해."

"알아. 그리고 너는 많이 위험해."

"너무 정곡을 찔러서 조금 아픈데?"

"그러니 내 세계로 와. 생각보다 그렇게 최악은 아니니깐."

정말이지 친구의 이런 촌철살인 화법은 언제나 내게 위안이 된다. 그리고 언제 그랬냐는 듯 친구의 목소린 다시 온기가 돈다. 완벽한 보호를 받으며 살고 있는, 인생을 신뢰하는 여자만이 가진 가히 그 정도의 편안하고 안정된 목소리였다.

그녀가 뿜어내는 따뜻함에 나는 천천히 숨을 내쉬었다. 신의 전지전능한 목소리로 구원받은 기분마저 들었다.

"응, 알겠어."

"결혼은 집이랑 똑같아. 어떤 기후에도 집은 필요하잖아. 그리고 비바람이 치면 집은 어딘가 망가져, 그럼 여기 고치고, 또 저기 고쳐서 사는 거야. 말 엄청 안 듣는 룸메이트랑 함께 말이지."

친구가 슬쩍 웃으며 말하던 마지막 말에 나는 '알고 보면 결혼은 낭만적인 게 아닐까?'하는 생각을 잠시 해보았다. 아직도 결혼이 내 인생에 진정으로 필요한 것인지는 잘 모르겠지만, 어느 쪽으로 치우쳐 단정할 수도 없는 제도라는 것만은 확실하다.

이제야 모든 것이 새 안경을 낀 것처럼 명료해졌다.

나는 지금 결혼이란 제도에서 뛰쳐나와 다시 연애라는 숲으로 도망치고 싶었던 것이다. 마치 그가 가라앉는 배의 마지막 구명보트라도 되는 것처럼 그에게 매달렸던 것이다. 내 행복과 미래 그리고 현명한 애인까지 다 내던지면서 말이다.

"그래, 지금은 새로운 로맨스를 찾아 이미 헝클어질 대로 헝클어진 내 인생을 더욱 무질서하게 만들 때가 아니야. 왜냐하면 나는 기본적으로 산뜻한 아이니까."

그날 나는 아주 오랜만에 푹 숙면을 취했다. 간절한 기도 없이 말이다.

"결혼이 좋은 것일까 혹은 안 좋은 것일까?"

라는 질문에 유일한 해답은 그냥 결혼을 해보는 것일 것이다.

5/   그 세탁소

쇼핑.

오롯이 나 혼자 하는 일이 있는데 그것은 바로 쇼핑이다. 쇼핑하는 순간만큼은 동성 친구도 이성 친구도 필요 없으며, 특히나 가족(또 특히나 여동생)은 오히려 사라져 버리는 게 나을 때도 있다.

물건을 고른다는 건 대체로 사소하고도 피곤한 선택들이 동반되어야 하는데, 굳이 그 피곤함(그것도 지극히 개인적인)을 같이 나누자고 하는 건 민폐라는 생각도 들며, 정말 마음에 드는 옷을 발견했는데 옆에 있는 사람이 "별로"라고 말하면 사기도 그렇고, 안 사자니 며칠을 아른거릴 게 뻔하고 그러다 보면 또다시 피곤해진다.

잠을 자도 자도 졸린 것처럼 인생은 그저 숨만 쉬어도 피곤한 것이다. 그러니 쇼핑쯤은 혼자 알아서 하자고, 그런 일종의 의무를 지게 되었다.

하지만 가끔 타국에서 물건을 살 때면, 누군가의 의견이 간절히 필요해질 때가 있다. 아무래도 여행 중에는 실용적 사고에 제약을 받기 때문인데…….

교토의 한 빈티지 옷 가게.

저 구석에서 "난 네 거야"라며 손을 흔들고 있던 무스탕을 발견했다. 나는 잽싸게 뛰어가 흔들던 손에 하이파이브를 하고는 가격표를 보니 빨간색으로 '50% 할인' 게다가 텍스 프리Tex Free까지?

사지 말아야 할 이유가 하나 없는 그 옷을 입어보지도 않고 구매했다. 의류 쪽 일에 잠시 종사했던 나는 적어도 내게 어떤 옷이 어울리는지 만큼은 알고 있었다.

그렇게 나는 분명 돈을 지불했는데도 공짜 아이템을 획득한 것 같은 기분에 쇼핑백을 살랑살랑 흔들며 숙소로 돌아왔다.

그리고 다음 날,

자고 일어나 보니 숙소 안에 기분 나쁜 냄새가 진동하기 시작했다. 조사하지 않아도 범인은 어제 산 무스탕, 빈티지 옷 특유의 꿉꿉하고 누린 냄새였다. 나는 캐리어에서 무스탕을 꺼내 들었다. 무겁기는 또 어찌나 무겁던지 살랑살랑 들고 왔다는 앞부분을 정정해야 할 정도였다.

아무튼 주인도 없이 오래 떠돌며 숨어 지내던 그놈은 그간의 세월에 대한 보상이라도 원하듯 자신의 존재를 알리고 싶어 안달이 났다. 냄새가 방에서만 났다면 나의 참을성을 자랑해 볼 기회가 있었을 텐데, 무스탕은 캐리어 안에 있던 다른 옷들에게까지 자신의 세월을 이야기하고 있었다. 마치 꼰대 사이비 교주처럼.

왠지 이대로 두면 안될 것 같아. 일단 숙소 근처에 있는 세탁소를 찾았다. 일본에 자주 와봤지만 세탁소를 찾기는 또 처음이었다. 그런데 내가 묵고 있는 숙소는 번화가에서도 한참 떨어져 있어 근처에서 찾기가 어려웠고 나는 숙소 주인에게 물어 구글맵의 도움까지 받은 끝에 겨우 한 세탁소에 다다를 수 있었다.

せんたく (세탁).

간판에는 오로지 이렇게 적혀있었다. 삼십 년도 훌쩍 넘었다는 이 세탁소는 간판 글씨도 워낙 작지만 그것은 차치해 두고서라도 위치마저 얼핏 지나가며 볼 수 있는 곳이 아니라 세탁소가 거기 있다는 걸 알아야만 갈 수 있는 곳에 있었다.

나는 한 손엔 무스탕 목을 잡고, 다른 한 손으로 문을 열고 들어갔다. 백발에 연세가 지긋하시고, 조금은 연로해 보이기까지 한 주인 할아버지가 인사를 했다.

"어서 오세요."

"안녕하세요. 저는 관광객입니다. 이 옷을 드라이클리닝하고 싶습니다. 가격과 기간을 알 수 있을까요?"

나의 번역기스러운 말투에 주인 할아버지는 옆에 놓인 안경을 끼시며, 아주 자상한 목소리로 물으셨다.

"이거 가죽인가요?"

그리고 나는 그제서야 옷 안에 택을 확인하기 시작했다. 그런데 맙소사 택 가장 아래에 아주 대문짝만하게 'MADE IN KOREA'라고 적혀있는 것이 아닌가. 영어로 적혀있는데도 마치 한글인 것처럼 아주 자연스럽고 리드미컬하게 읽혔다. 나는 어이없는 표정으로 잠시 벙찌게 있자 무스탕 검토를 끝내신 할아버지가 대답하셨다.

"가죽인 것 같네요."

"아, 네 그런 것 같네요."

"음, 그렇다면 가격은 육만 원이고 일주일쯤 걸려요."

"육만 원이요? 죄송합니다. 다시 올게요."

악의 축인 무스탕 멱살을 잡아끌며 나는 세탁소 밖으로 나왔다. 가격도 가격이지만 기간도 오래 걸렸다. 돌아갈 날은 아직 열흘 정도 남아있었는데 일월의 교토는 몹시 추웠고, 그래서 산 옷이었다. 나는 열 받아서 무스탕을 던져버리고 싶었지만, 정말 그럴수도 없는 노릇이고, 기분을 가라앉히기 위해 숨을 깊게 들이마셨다. 그러자 코로 훅- 하고 세탁소 냄새가 들어왔다. 아주 익숙한 냄새였다.

'어디나 세탁소 냄새는 같구나.'

이 나라에서 유일하게 익숙한 한 가지였다. 그러자 문득 쇼

평할 때면 간단한 멘트로 나의 충동구매를 막아주던 친구의 얼굴이 떠오르고, 데이트를 위해 치장을 하고 있으면 나의 침대 위에서 머리부터 발끝까지 지적질을 해대던 여동생의 얼굴도 떠올랐다.

갑자기 이 모든 상황에 그냥 웃음이 났다. 세탁소의 냄새 때문이었을까? 아련한 냄새보다는 같다는 단어가 주는 위안 같기도 하였다. 아니 어쩌면 오랫동안 한곳을 지킨 이 세탁소의 올곧음에 위로받은 건지도……, 이 빈티지 무스탕처럼 말이다.

며칠 뒤,

세탁소 비닐에 쌓인 무스탕을 찾아 나오며 그 위에 코를 대고는 쿵쿵거렸다. 무스탕은 푸근한 화학품 냄새를 머금고 있었다. 세월의 냄새가 미세하게 남아있긴 했지만 저번처럼 힘겨울 정도는 아니었다. 나는 그것을 아래로 한번 위로 또 한 번 접어 자전거 앞 바구니에 조심스럽게 담았다. 그리고는 잠시 차분해진 겨울 공기가 좋아 조금 걷자 생각해, 자전거 핸들을 밀며 나도 그 옆에서 걸음을 맞췄다.

해 질 녘이 되자, 길 위로 가로등이 환하게 켜졌다. 나는 그 가로등 불빛에 의지해 걸었다. 그렇게 한 십 분쯤 지났을까? 돌연히 쓸쓸해지고 마치 무대 위에 혼자 남은 연극배우가 된 기분이 들었다. 설상가상으로 달빛마저 번히 비춰 쓸쓸함이 고조되면서 그만 울고 싶어졌다.

나는 이런 처량한 기분을 털어내려 자전거에 올라타려는데,

그 호젓한 길 위로 학생들이 우르르 쏟아져 나왔다. 어디서 나온 거지? 라는 생각할 틈도 없이 순식간에 거리는 교복을 입은 남학생과 여학생들로 가득했다. 그들은 삼삼오오 모여 꺄르르 웃고 떠들며 내 곁을 스쳐 지나갔다.

그들의 얼굴에는 따분함과 생기가 교차되어 빛나고 있었다. 그 모습을 가만히 보고 있으니 이곳에 와 처음으로 어떤 친근함 같은 것이 마음을 간질였다. 세탁소 다음으로 찾은 이 나라에서 익숙한 두 가지였다. 그러면서 이런 생각이 들었다.

그만 돌아가자. 더 많은 것들이 익숙해지기 전에……

이곳이 내게 더 애틋해지기 전에, 그래서 더욱 두고 가기 어려워지기 전에 그만 집으로 돌아가자, 생각하며 나는 그들 사이로 힘차게 자전거 페달을 밟았다.

6/ 　　깊이 생각하니까 괴로운 거야

카모 강변 앞에서 나는 거의 광분하며 "언젠가 꼭 다시 올게!"라고 외쳤다.

교토에 있는 이 주 동안, 비의 신은 심심했는지 분무기를 들고는 하루 종일 땅을 향해 비를 뿌려댔다. 그렇게 장난치는 듯 내리던 비가 마지막 날이 되어서야 드디어 태양의 신에게 분무기를 빼앗겼는지 하늘엔 햇살이 한가득이다. 멋진 햇빛까지 걸려있으니 오늘따라 카모 강은 한결 더 아름다웠다.

강이나 바다는 어쩐지 신성한 힘이 있어 보고만 있어도 자연스레 마음이 숙연해지고, 나 자신을 반성하게 되며, 가끔은 지금 죽어도 상관없을 것만 같아진다.

카모 강은 어제까지 계속된 비로 수위가 조금 높아져 있었다. 사실 뭐 더더 높아진다 하더라도 절대 부산스러워질 곳은 아니다. 막상 이곳을 떠난다고 생각하니까, 새삼스럽게 물의 수위까지 관심이 갔다.

'돌아가면 이 강을 생각할까…, 아니면 역시 또 금방 잊어버릴까?'

이곳은 우리 집 뒤에 있는 강가에 비하면 너무 멀어 아마 잊어버릴지도 모르겠다. 그런 생각을 하자 갑자기 가슴이 뭉클해지고, 목이 메어왔다.

사실 이번 여행에서 내가 원했던 건, 완벽한 고독 속에서 다시 무너진 감정을 쌓고, 그 감정으로 문장을 만드는 것이었다. 세 번째 책을 쓰자고 시작한 날부터 지금까지 나에게는 오로지 완성하고 싶다는 나태한 갈망만 있었지, 의지는 태만했고, 행동은 의지보다 더 게을렀다.

그렇게 여기 오기 전의 나는 나태한 갈망, 태만한 의지 그리고 게으른 행동이 삼자대면 중인 상태였고, 그러니까 한 마디로 그냥 마음속이 전쟁터였던 것이다. 그래서 떠나기 전에 다짐했다.

누구랑도 말하지 않고, 철저히 혼자 빈틈없이 외로운 상태로 십칠 일을 보내겠다고……. 그러면서 전쟁 중인 내 마음에게 이렇게 으름장을 놓았다.

"너희들 멋대로 해. 대신 한 줄이라도 써야 해. 그렇지 않으면 셋 다 죽여 버릴 테니깐."

그렇게 며칠은 아무하고도 말하지 않고 철저히 혼자 온종일을 보냈고, 어떤 날은 물 한 모금도 마시지 않고 글을 썼으며, 또 어떤 날은 게스트하우스 욕조에서 몇 시간을 그저 가만히 앉아있던 날도 있었다.

그러다 십육 일째 되던 날, 그러니까 어젯밤 문득 내가 여행 중에 한 번도 울지 않았단 걸 알았다. 분명 여기 오기 전에 나는 우는 것 말고는 할 수 있는 게 전혀 없는 상태였는데 말이다.

이곳이야말로 울기에 최적의 장소인데.

왜냐하면 울어도 아는 척하는 이 없고, 이유를 물어볼 사람조차 없는 타국이며, 울 수 있는 상태였고, 심지어 기회와 공간이 있었음에도 불구하고 나는 울지 않았던 것이다.

여행 마지막 날이 되어서야 갑자기 내 스스로가 기특해 보이며, 마치 신발 안에 있던 작은 돌멩이가 빠져나간 것처럼 꺼끌거렸던 마음이 한결 편안해져 있었다. 나는 갑자기 조금은 생뚱맞지만 이렇게 만들어준 모든 것들에게 감사 인사를 하고 싶어졌다.

그렇게 분명한 대상은 없지만 마음만큼은 확실하게 담아 나는 밑도 끝도 없는 감사 인사를 시작했다.

우선은 교토를 지키고 계신 많은 신사의 신들에게 "위기에 상황에 저를 이곳 교토로 불러준 것에 대해 감사합니다. 덕분에 탈출할 수 있었어요." 그리고 엄마에게 "매번 떠날 때마다 하는 말이지만, 이번에도 나의 방황을 이해해 줘서 고마워요."
그리고 나에게도 "작가라는 직업 때문인지 누구보다 어수선한
감정들과 싸우며 살아가고 있지만, 그래도 이런 여행을 하고
아름다운 풍경을 볼 수 있게 해줘서 고마워." 마지막으로는 이
건 어디에다가 인사를 해야 할지 잘 모르겠지만, 집으로 돌아
가 갓 지은 따끈따끈한 쌀밥에 평소 데면데면했던 김치를 얹어
먹을 수 있다는 것에도 감사 인사를 전했다. '전생에 라면이지
않았을까?'라고 생각할 만큼 나는 라면을 좋아하는데, 여행 중
에는 하도 먹으니 마치 전생에 지은 업보가 돌아오는 것 같은
기분마저 들어, 돌아가면 당분간(대략 일주일쯤)은 라면을 끊
을 수 있을 것 같았다. 그리고 가끔씩 내 컵라면에 물을 부이주
던 코타로상에게도 잊지 않고 메시지를 보냈다.

 ─사무치게 외로웠던 나의 하루를 구해줘서 고마웠어요.

"항상 지금처럼 가볍게 생각해. 뭐든 깊이 생각하니까 괴로
웠던 거야."

마지막으로 강이 이야기하는 건지 내 생각의 흐름인지는 잘
모르겠지만, 반짝이는 은빛 강물 위에서 누군가의 목소리를 들
으며, 나의 치명적인 단점에 대한 반성과 함께 돌아갈 준비를
마쳤고, 나와 전쟁이 끝난 내 마음과 둘이서 새로운 내일을 기
다렸다.

여행이란

그동안 내 안에 잠복해 있던 고통들에게

연고를 발라주는 일이다.

그렇게 마음이 곪지 않도록 내 안을 치유하는 일이다.

부유

Ⅳ. 뾰족함에 대하여

1/　　　직장생활

　이건 아주 오래전(왠지 느낌상으로), 이 책이 시작되기 오 년 전으로 거슬러 올라가 내가 가장 뾰족했던 시절에 관한 이야기다.

*

　22시 퇴근. 집에 가면 23시 30분. 씻고 누우면 24시 10분. 휴대전화를 머무적거리며 오늘 놓쳤던 세상을 보다 25시 …… 분 즈음 스르르 취침.
　다음날 6시 기상. 같은 시간 48분에 출발하는 버스를 타고 출근은 항상 퇴근보다 30분 더 걸리니 도착하면 8시 50분. 이 생활을 오늘로 딱 이 년째 반복하는 중이다.

오늘 아침에는 눈앞에서 버스를 놓치는 바람에 9시 정각에 도착했다. 내리자마자 총알처럼 뛰었기에 다행히 지각은 면할 수 있었다.

사무실에 앞에 도착해 헉헉거리는 숨을 정돈하며, 부장님이 왔는지 보기 위해 까치발을 들고 문에 얼굴을 가까이 댔다. 불투명한 유리문이라 얼핏 실루엣만 보일 뿐 누가 누군지 잘 구별되지 않아 눈을 더 가늘게 뜨고 보려는데, '콕콕, 코고곡, 콕' 누군가 내 등을 리드미컬하게 두드렸다. 순간 놀라 돌아보니 대리님이 서 계셨다.

"하하하…. 안녕하세요. 대리님(왜 매번 여기 계시는 거야)."

대리님은 그런 날 보며 입꼬리를 끝을 올리시더니 씩―하고 음흉한 미소를 짓는다. 나는 저 익숙한 표정에 그만 온몸이 오싹해지며, 그녀의 손이 마치 슬로 모션처럼 천천히 머리 위로 올라가는 걸 지켜보다가 재빨리 몸을 낮췄다.

곧 내가 기대고 있던 유리문이 활짝 열린다. 나는 모든 걸 이미 예상한 듯 가볍게 한숨을 쉬고, 앞서가는 대리님 등 뒤로 바짝 붙어 따라갔다. 최대한 조용히 자리로 가 앉으려는데, 부장이 뒤에서 최대한 큰소리로 내 이름을 불렀다. 아, 망했다.

"장혜현 씨!"

"네! 부장님."

"혹시 차고 있는 손목시계 어디 거예요?"

"네?"

"아니 매번 늦길래. 시계 약을 바꿔줘야 하나 해서."

"매번은 아닌…… 죄송합니다."

"혜현 씨, 너도 나도 대리에 과장에 뭐라도 하나씩 달고 있으니깐 나도 조금만 하면 될 것 같죠? 안돼요. 열심히 해야 돼요. 근데 여기 다들 열심히 하려고 일찍 오는데, 그렇게 딱 맞춰서 오면 혜현 씨가 더 열심히 할 게 있을까요?"

맞다. 부장 말이. 나는 열심히 할 게 없다. 왜냐하면 지금도 최선이기 때문이다. 하지만 머리로는 그렇게 생각하면서 입으론 한 번 더 죄송한 척을 했다.

"죄송합니다."

*

사 년제 대학을 세 번이나 휴학하고 나서야 겨우 졸업했다. 세상은 그런 날 봐주지 않고 다음 목표로 던져 놨다. 무슨 인생이 마치 도장 깨기 같았다.

눈앞에 놓인 시련을 깨고 나면 곧바로 더 큰 시련이 나타나, 이제는 나조차도 도장 깨기의 마지막 관문엔 대체 뭐가 있을지 궁금할 정도였다. 그렇게 또 이 년을 취업 준비생이란 단어와 함께 다녔다.

'대기업에 입사해야지.'

이런 포부는 처음부터 없었다. 그래서인지 어중간한 중견 기업에 들어갔고, 어중간한 내가 어중간한 회사에서 할 수 있는 일이라곤 회사용 홍보 전단지를 만드는 일뿐이었다.

묻지도 따지지도 않고, 이 년을 그저 열심히 시키는 대로 했다. 그러면서도 궁금했다.

이른 새벽부터 늦은 밤까지 공짜 야근을 하며, 한 달에 두세 번은 휴일에도 나오고, 교통비와 밥값, 열받은 날 술값, 이 회사원스러운 옷값을 제외하고 나면 남는 게 하나 없는 이 얄팍한 월급을 받으면서도 다들 무엇을 위해 다니는 걸까? 나는 과연 잘 하고 있는 게 맞는 걸까?

머리 위로 벚꽃이 눈꽃처럼 흩날린다.

며칠 전까지만 해도 코트를 챙겨 입었던 것 같은데 어느새 카디건마저 갑갑한 날씨가 되어 있었다. 봄은 언제 온 건지 아니다 언제 인사도 없이 가버린 건지……, 고개를 들어보니 잎이 다 떨어진 벚꽃 나무만이 길 위에 늘어서 있었다.

작년엔 더욱 계절을 느낄 새가 없이 바빴다. 나는 그럴 때마다 주위 친구들을 보며 신입만 벗어나자고 스스로를 다독였다. 대학을 졸업하자마자 대학병원 간호사로 취업한 주희는 여름이면 방콕, 보라카이 작년엔 유럽으로 휴가를 떠났고, 졸업하기도 전에 취업한 규하는 벌써 자동차를 두 번이나 바꿨다. 나도 이렇게 친구들처럼 '직장'이란 일반적 사회 구조에 알맞은 사람일 거라 믿었다.

그런데 시간이 지날수록 장례식장에 혼자 빨간색 옷을 입고

있는 것처럼 내 스스로가 걸맞지 않게 느껴졌다. 그래서 이제
는 문자로 그런 내용을 볼 때마다 부럽기보다는 재수 없고 배
알이 꼴렸다.

'제발 딴 데 가서 해. 어차피 다 자랑이잖아.'

하지만 그렇게 생각하는 나를 보며 또 한심해한다.

저번 주 회식자리에서 부장님이 당분간 토요일에도 출근을
하란다. 휴일 수당은 챙겨 줄 테니 걱정 말라며 떵떵거린다. 나
는 휴일 수당 같은 거 안 받아도 좋으니 토요일까지 출근하기
싫다고, 누가 이 신입 나부랭이 대신 말 좀 해줬으면 했는데,
때마침 옆자리에 앉아있던 대리님이 "알겠습니다"라고 화끈하
게 말해버려 정말이지 울고 싶었다

벚꽃잎 하나가 천천히 발아래로 떨어졌다.

나는 멍하니 떨어진 꽃잎을 바라보며 "아, 답장해야 하는
데……" 혼잣말처럼 중얼거린다. 아까 일곱 시쯤 저녁 먹었냐
고 묻는 엄마의 문자에 아직 답을 못했다. 언제부턴가 집에서
온 연락을 피하게 된다. 요즘 들어 부쩍 말수도 줄었다. 말하지
않으니 엄마는 내 눈치를 보고, 회사를 그만두고 싶다 말 못 하
는 나도 엄마의 눈치를 본다.

*

내가 다니는 곳은 생긴 지 오 년쯤 된 광고 회사다. 레드오션

인 광고계에서 그럭저럭 잘 버티고 있는 이유는 이미 미디어 광고계에서 유명한 디자이너의 아들이 운영하는 곳이고, 그 안에 구성원 역시 모두 가족관계였다.

사장님 조카인 대리님은 올해 서른두 살로 아직 미혼이다. 살짝 통통한 체형이지만 얼굴은 작고 예쁘장하며, "스트레스지수는 네일아트의 화려함과 비례해"라고 말할 정도로 화려한 네일아트가 취미여서 자신의 손톱에 붙인 비즈들이 떨어질까 뭐든 잘 잡지를 못한다.

사장님의 친동생인 과장님은 올해 마흔아홉으로 역시나 미혼이다. 나이에 예민한 듯 보이셔서 철저히 보안 사항인 줄 알았는데, 입사한지 얼마 지나지 않아 대리님이(그러니까 자신의 조카가) 그 기밀을 유출시켰다.

과장님을 가만히 보고 있으면, 왜 결혼을 못 했는지 조금 알 것도 같다. 우선 잘 안 드신다. 먹어도 아주 조금씩만 먹는다.

얼마 전, 사원 생일이라 다 같이 모여 케이크를 먹는데 "나는 조금만 먹을 게" 하더니 정말 포크로 새끼손톱만큼 떼어갔다. 그걸 입안에 넣고는 몇 번 오물오물 하더니 다시는 포크를 들지 않으셨다.

또 심각한 양극성 기분 장애를 앓고 계신다. 주기는 월급날을 기점으로 다음날부터 급격히 우울해지시고, 월급날이 가까워지면 상당히 쾌활해지신다. 이제는 무슨 달력처럼 과장님만 보고 있어도 월급날이 얼마나 남았고, 또 얼마큼 지났는지 알 수 있을 정도다.

'왜 사람들은(나까지 포함) 월급날이 지나갈수록 점점 신경질적으로 변하는 걸까?'

그리고 이곳에서 인간미라고는 눈을 씻고 찾아봐도 없는 부장님은 바로 사장님의 부인이다. 그것도 전부인. 왜 이혼했는지는 굳이 물어보지 않아도 알 것 같다. 나 역시 이 이상의 소개는 하고 싶지 않으니깐.

아무튼 여기는 이런 곳이다. 뭐, 말이 좋아 효율적인 경영 배치지 그냥 자기네들끼리 다 해 먹겠다는 소리다. 그러던 어느 날 한 구직 사이트에 회사에 대한 안 좋은 글이 올라왔다.

ㄴ re:이 회사에 절대 지원하지 마세요. 부장은 사이코에. 월급도 제때 안 줘요.

두 달 전 부장님과 싸우고 그만둔 사수가 올린 글 같은데, 구구절절 아주 맞는 말만 적혀있건만 그걸 본 사장님은 아침부터 심기가 매우 언짢다. 덩달아 부장님의 예민 경보도 발효 중인데, 미처 대피하지 못한 내게 그 피해가 돌아왔다.

"혜현 씨, 당장 소연 씨한테 연락 해봐요."

그만둔 선배의 이름이 소연이다.

"네? 연락해서 뭐라고 해요?"

"왜 그런 글을…! 아니 그냥 좀 오라 그래요."

"오란다고 선배가 올까요……?"

"회사 전화로 하면 안 받을 수도 있으니깐 혜현 씨 개인 전화기로 해봐요."

"선배님이 올리신 글이 아닐 수도……."

"하라면 좀 하죠? 너는 꼭 할 거면서 그렇게 토를 달더라."

또 나왔다. 반말도 존댓말도 아닌 저 말투. 내가 지금 자기의 심기를 거슬리게 했다는 뜻이다.

책상 위에 서류 파일도 안다는 직장생활 제1법칙은 상사말에는 무조건 "네 알겠습니다"로 임하는 것이다. 상사와의 논쟁은 최대한 피하고, 어떤 말대답도 하지 않으며 항상 '눼에 눼에, 당신 말이 다 맞아요'라는 뜻으로 고개만 살짝 끄덕이는 게 포인트다. 그런 다음, 조금 억울하다면 집에 가서 침대 위에 인형 혹은 베개를 후려치는 것이 좀 더 깔끔하게 내면의 평화를 유지시킬 수 있는 방법이다.

"그리고 퇴사한 지가 언젠데 소연 씨가 선배에요?"

"네 알게…(아차, 이건 아니지) 죄송합니다."

*

"질린다. 질려."

결국 선배는 전화를 받지 않았다. 오늘 내가 한 일이라고는 부장님의 눈치를 보며 선배에게 서른한 번의 전화를 거는 일이다였다. 한 열 번쯤 걸었을 땐, 내가 마치 스토커처럼 느껴졌다. 꼭 헤어진 남사친구에게 집착하는 전 여친이 된 기분이었다.

이제는 회사에서도 범인은 선배라고 거의 확정하고는 추적에 나섰다. 사장님과 부장님은 SNS를 뒤지며 선배의 행적을 조사했다.

"으윽! 나라면 경찰에 신고했다!"

고개를 절레절레 저으며, 그날 나는 다들 퇴근한 사무실에 혼자 남아 사직서를 썼다. 도저히 안 되겠어 그만둬야지.

누가 뭐래도 난 회사 생활과 맞지 않는 아이야.

나는 이렇게 확신했고 이건 사실이기도 했다. 우리 집 호적에서 이름이 빠지는 한이 있더라도 지금 때려치우지 않으면, 부장 멱살을 잡아 오히려 호적에 빨간 줄을 그을지도 모를 일이다.

그렇게 나는 먼저 그만둔 사수가 회사 밖으로 나가는 퇴직의 출로를 개척해 준 덕분에, 별다른 어려움 없이, 일말의 후회 없이 그 출구를 열었고, 홀가분하게 회사 밖으로 걸어 나갈 수 있었다.

그리고 그날은 내가 서른을 불과 칠 개월 하고도 열흘 앞둔 시점이었다.

엉거주춤

이도 저도 아닌 인생이 되어버린 건
젊음이라 외치며, 이것저것
다 해보려 했기 때문은 아니었을까?

확실한 한 개를 위해 놓아주자
지금 손에 쥔 그것 하나쯤은

2 / 잠깐만 좀 쉴게요

"아, 이게 얼마 만에 온전하게 쉬어보는 주말인지."

대충 머릿속으로 계산해보니 근 한 달 만에 처음인 듯싶다. 나는 어제 온종일 침대와 함께 있었다. 어제도 아무것도 안 했지만, 오늘은 더욱 격렬하게 아무것도 안 할 예정이다.

세상에 몸에 이로운 마약이 있다면 바로 이 침대가 아닐까?

직장에 다니면서 제일 의욕이 떨어지는 날은 황금 같은 공휴일이 하필 주말이란 걸 알았을 때다. 이건 마치 어렸을 적에 세뱃돈 받자마자 엄마에게 빼앗긴 기분과 비슷하다. 한마디로(괜찮다면 욕을 잠시 해도 될까?) 존나(용서하시길) 허무하다. 그럴 때마다 나는 양손으로 달력의 목을 잡아 흔들며 "도대체 왜!"라고 절규한다.

하지만 지금은 그런 걱정은 하지 않아도 되는 6일차 백수다.

반면에 새로운 걱정 하나가 생겼다. 당당히 회사를 때려치우며 알게 된 사실인데……, 내 통장의 잔고를 확인해보니 현재 내 통장에는 삼백만 원 정도가 들어있는데, 문제는 앞으로 갚아야 할 카드값 또한 삼백만 원이라는 것이다.

숫자 3은 궁극의 균형을 상징한다더니, 왠지 맞는 말인 것 같기도 하고…….

아무튼 신용카드는 정말이지 가계 경제에 악 영향을 준다. 문득 얼마 전 홈쇼핑에서 '인체 공학적으로 만들어, C자형 경추 곡선을 그대로 유지해주고, 따라서 깊은 수면을 가능케 한다는 그 매직 배게'는 사지 않는 게 좋았을지도 모르겠다는 생각이 들었다. 점점 잠에 대한 집착이 심해지는 걸 느낀다. 안대와 귀마개, 암막 커튼 중 하나만 없어도 잠을 이루기가 힘들다.

배게 밑에 손을 넣어 휴대전화를 찾아보니, 오전 열시 이십 분. 다시 이마 위에 올려져 있던 안대를 내리려는데 방문이 열렸다. 순간 빛 한 줄기가 어두웠던 방 안을 좌악-하고 가르며 "밥 먹자"라는 구원의 목소리가 귀마개를 뚫고 들어왔다.

단, 구원은 여기까지. 피용 피용 다음은 잔소리 폭격.

"무슨 애가 하루 종일 잠만 자니? 일어나 밥 먹어! 청소도 좀 하고 방 꼴이 이게 뭐야!"

폭격 후.

겨우 정신을 차리고 식탁에 앉아 아침인지 점심인지 모를 밥을 꾸역꾸역 입안에 밀어 넣으며 나는 방금 막 헤어진 침대를 그리워한다.

"밥 먹고 또 들어가서 눕기만 해봐라."

"……."

"그리고 좀 씻어. 너 어제도 안 씻고 그냥 잤지?"

"응."

"헐 대박. 언니 그럼 금요일부터 안 씻은 거네? 어우 더러워."

옆에 있던 여동생이 깐죽깐죽 엄마의 화를 돋운다.

"나가서 친구라도 좀 만나라. 언니 이제 친구 없어?"

계속해 팩트를 폭격하며, 여동생이 깐죽깐죽 엄마의 화를 돋운… 아이씨, 쟤 그냥 때릴까?

"대학교 때는 나가기만 하면 집에도 안 들어오더니, 그런데 너 진짜 이렇게 살 거야?"

결국 엄마는 폭발한다.

"자알암 머겄..슴니다."

엄마와의 2차 대전을 피하기 위해 나는 밥그릇에 있던 밥을 모두 떠 한 번에 입안에 넣었다. 엄마의 잔소리까지 들어가서인지 두 볼이 더욱 빵빵해졌다. 식탁 의자에서 일어나 방으로 향하는데 "엄마! 언니 또 방에 들어가" 동생에 발칙한 주둥이에 다시 자석처럼 거실로 끌려온다.

"아, 이건 진짜 무의식적으로……."

변명해 보려 했지만, 이미 엄마의 눈은 가늘게 찢어져 날 째

려보고 있다. 나는 얼른 소파 위에 다소곳이 앉았다. 입안에서는 아직 밥알이 잘근잘근 으깨지고 있었다.

식사 후.

온 가족이 둘러앉아 티브이를 보며 과일을 먹는다. 티브이에는 어제저녁에 한 예능 프로그램이 재방송되고 있었다. 듣기만 하면 평화로워 보이는 이 풍경이 내게는 가장 두렵고 불편하다. 바로 다음 상황 때문에.

"그래서 취직은 언제 할 거야?"

"……아직 그만둔 지 일주일도 안됐어."

"일주일 쉬었으면 많이 쉬었지."

"아니 아직 일주일 안됐다니까."

"그 회사가 힘들면 다른 곳으로 알아봐. 아니면 그냥 전화해서 다시 다니겠다고 해."

"엄마, 손톱깎이 어디 있어?"

나이스 타이밍, 동생이 손톱깎이를 찾기 위해 거실을 정신없이 돌아다니며, 더 늘어질 엄마의 잔소리를 끊어주었다.

"거기 티브이 서랍장에 있잖아."

순간 나는 엄마가 이제 잔소리를 그만할지도 모른다는 희망을 품는다.

"아니면 결혼을 하던가."

"!"

역시. 오늘도 그리 간단하게 끝날 잔소리가 아니다. 어째서 엄마의 잔소린 매번 주제가 같은 걸까? 그럼 좀 재밌기라도 하던가! 똑같은 이야기를 계속 반복해 들으려니까 마치 늘어진 테이프로 음악을 듣는 것처럼 자꾸만 귀에 거슬린다.

"아니. 결혼은 무슨 나 혼자 해?"

"맞아. 언니 남자도 없는데? 그리고 언니는 살부터 빼야 해."

"야. 네가 나보다 뱃살 더 많거든?"

나는 배에 잔뜩 힘을 주며 등 쪽으로 바짝 밀어붙인 뒤 말했다. 동생은 그런 날 보며 픽 하고 웃더니 손톱 정리 세트를 들고 바닥에 앉아도 되는 걸 굳이 내 옆, 그것도 소파 위에 앉아 손톱을 툭툭 깎기 시작했다.

"저리 가서 해. 정신없어."

"니 얼굴이 더 정신없어."

동생은 입을 삐쭉 내밀며, 이번엔 손톱 줄을 꺼내 들고는 손톱 끝을 요란스레 다듬기 시작했다. '아이씨, 그냥 때리자' 생각하며 손바닥 힘을 장전하는데, 잔소리 테이프가 다시 리플레이 되기 시작했다.

"그럼 밖에 나가서 연애라도 해. 소개팅이라도 좀 하던가. 하루 종일 그렇게 침대랑만 붙어있는데 남자가 어떻게 생겨!"

"침대랑 연애하면 안 돼?"

"혜숙이는 벌써 손주를 둘이나 봤대."

"······."

"옥희 딸은 일찍 결혼하더니 벌써 서울에 집도 샀다더라."

"……."

나도 이제 슬슬 짜증이 나기 시작한다. 이래서 엄마의 잔소리가 싫다. 대체로 엄마의 잔소리는 상대에 대한 이해나 배려없이 오로지 자신의 기분과 감정에만 따른다. 난 손바닥에 장전해 둔 힘을 다시 주둥이로 돌려 앙칼스럽게 톡 쏘아붙였다.

"그래서 걔네 지금 행복하대?"

"모르지. 엄마가 그걸 어떻게 알아."

"봐봐 모르잖아. 혜숙 아줌마 딸이 아직 산후 조리도 덜 끝났는데 덜컥 둘째가 생겨서, 옥희 아줌마 딸이 이제 막 은행을 집주인으로 둬서 행복한지 어떤지 엄마 모르잖아. 근데 난 지금 행복하다니까? 그것도 아주 많……!"

"야!"

"아! 깜짝이야!"

"발톱 깎을 때 휴지 아래다 두고 하랬지."

"에이씨, 왜 나한테 그래!"

결국 엄마의 화는 동생에게로 불똥이 튀며 2차 전쟁이 시작되었고, 나는 이때다 싶어 잽싸게 방으로 도망쳤다. 문 밖에서 엄마의 잔소리가 총알처럼 날아들었다.

"그래 쭉 자."

"계속 자."

"영영 시집도 가지 말고, 처녀귀신 돼서 그렇게 좋아하는 잠이나 쳐 자라."

나는 방으로 들어와 얼른 귀마개를 끼고, C자형 경추 곡선을
유지해 깊은 수면을 가능하게 한다는 그 매직 베개를 얼굴 위
로 누르며 모든 잔소리를 방어했다. 그러면서 "제발……, 잠깐
만 좀 쉬면 안 될까요?"라고 무언의 떼를 썼다.

색色

좋아하는 색이 변함으로써
나이가 변했다는 것도 함께 느낀다.
노란색 운동화를 즐겨 신던 내게
세상은 손에 넣을 수 있는 것들로 가득했다.
그렇기에 아무렇지 않게 버릴 수도 있었다.

이제는 검은색 옷이 편해진 나에게 세상은
'아무리 노력해도 절대 손에 넣을 수 없는 것도 있다는 걸'
알려주고 있었다.

3 /   로또는 나야 나

"로또 추첨 생방송으로 진행되고 있습니다. 지금부터 712회 로또 추첨 시작하겠습니다."

"추천 버튼 눌렀습니다!"

"당첨은 공이 나오는 순서와 관계없이 번호만 맞으면 됩니다. 첫 번째 당첨번호 12번입니다."

"오!"

"두 번째 역시 파란색 볼 9번입니다."

"구? 구! 대박!"

"세 번째 빨간색 볼 24번."

"……."

"마지막 2등 보너스 볼은 빨간색 볼 18번입니다."

"이런… 십팔."

도대체 로또 1등 같은 건 누가 되는 걸까? 전생에 아니 그 전전 생부터 착한 일 쿠폰에 도장을 한 십일억 오천 번쯤 찍고, 과거에 나라 정도는 구했어야 이승에 와서 겨우 한번 당첨되는 걸까?

저번 주 로또 당첨금은 1,082,947,993원. 감히 세어볼 엄두조차 안 나는 큰 금액. 1/4,696,673의 확률. 매일 평균 104억 장씩 판매. 그런데 당첨은 신의 권한인 로또.

내가 로또를 처음 사기 시작한 건 직장에 입사하고 석 달쯤 지났을 때다. 우연히 똥 밟는 꿈을 꾸고는 다음날 아침 출근길에 로또를 샀는데, 추첨 날인 일요일 저녁까지 묘하게 긴장되고 설레었다. 꼭 좋아하는 사람을 만나기 전처럼.

하지만 똥꿈의 운은 그날 정시 퇴근하는데 사용되었는지, 아직까지 그 흔한 오천 원짜리 한번 되어본 적이 없다. 물론 살 때부터 '당첨되겠지'라고 생각하며 사는 것은 아니다. 다만 일주일짜리 왕자님이라고 해야 하나 '어머, 로또 왕자님께서 나의 이런 시궁창 같은 현실에서 벗어나게 해주실 지도 몰라!'

뭐, 이런 기대감을 주시니깐.

아무쪼록 이유가 어찌 되었든. 이 오천 원짜리 로또가 주는 설레임이 좋아 나는 매주 일요일에는 로또를 샀다.

"띠링."

문자가 와서 보니 엄마다. 낮에 부부동반 모임에 남편도 없이 간 엄마가 늦을 것 같으니 저녁을 챙겨 먹으라는 내용이었다. 시계를 보니 아홉시.

"참, 빨리도 알려 준다."

정말이지 가끔은 엄마의 이런 뻔뻔함을 좀 닮고 싶다. 하지만 이런 생각을 하는 동안, 이미 내 안에 너무 많은 엄마의 흔적을 부정하는 나를 또 뻔뻔하게 바라봤다.

문자와 벌써 136번째 꽝이라 말하는 로또를 번갈아 보고 있으니, 왜 그런지 정말 배가 고파졌다.

밥통을 열어보니 밥이 하나도 없다. 그러면서 코드는 왜 꽂아둔 거야? 나는 밥통에 연결된 코드를 팍 하고 뽑으며 중얼거렸다.

잔뜩 치장하고 나간 동생은 언제 오냐고 보낸 두 시간 전 메시지에도 답이 없다. 심지어 아직 읽지도 않았다. 나는 하루 종일 조용한 휴대전화에게 괜한 화풀이를 하듯 소파 위로 거칠게 던졌다.

"벌써 아홉시야?"

왠지 집에 있으니깐 시간에 가속이 붙는 것 같다. 회사에 있을 때는 시간이 버퍼링 걸린 컴퓨터처럼 느리게 흘러가더니……. 매일 시간이 똑같은 속도로 흘러간다는 건, 아무래도 과학자분들께서 다시 연구해 볼 필요가 있다고 생각한다.

나는 방에서 야구모자를 찾아 최대한 깊게 눌러쓰고는 편의점으로 향했다.

*

"챠르릉."

차임벨 소리에도 아르바이트생은 인기척이 없다. 나는 자연스럽게 냉장 매대로 가 늘 먹던 삼각 김밥을 집으며 눈으로 한 칸 아래에 바나나맛 우유가 원 플러스 원 행사 중인 것 발견했다. 속으로 '아싸'환호하며 얼른 두 개를 집었다. 그리고는 오늘도 어김없이 육개장 컵라면을 챙겨 계산대 쪽으로 갔다.

당최 먹는 것에는 도전정신이 없다. 입맛마저 어른스럽지 못하다.

물건을 계산대 위로 내려놓으려는데, 여전히 아르바이트생은 카운터 구석에서 뭘 열심히 적고 있다. 뭐 길래 저렇게 집중하고 있나, 싶어 보니 일기를 쓰고 있다. 공책 맨 위에 날짜와 날씨가 적혀있는 게 보였다.

"뭐 해요?"

"어, 언제 오셨어요?"

"방금 막? 뭘 그렇게 집중해서 써요?"

"아, 일기 썼어요. 매일매일 쓰기로 저랑 약속했거든요."

라고 말하고는 웃었다. 기껏해야 스물 한두 살 정도 밖에 안 보이는 이 뽀샤시한 친구는 웃는 것도 예쁜데 예의도 바르다. 나는 거의 매일 같은 시간에 이곳에 오다 보니 종종 이 친구와 대화를 나눌 때가 있는데 그럴 때마다 참 괜찮은 아이다, 라고 생각한다.

"죄송해요. 얼른 계산해드릴게요."

"괜찮아요. 아, 로또도 자동으로 오천 원어치 주세요."

나는 한 번 더 슬쩍 그 아이의 일기장을 보고는 계산된 물건을 받아 나왔다.

집으로 돌아와, 컵라면에 물을 붓다가 갑자기 책상 서랍에 보관되어 있는 어린 시절 일기장이 생각났다. 나는 컵라면 위를 냄비 뚜껑으로 대충 누르고는 방으로 가 책상 서랍을 열어 그 안에 누르스름하게 종이 색이 변해 보관되어 있던 일기장들을 모조리 꺼내 읽어보았다.

분명 밀려 썼을 게 뻔한 짧은 일기의 마지막에는 항상 '오늘은 기분이 캡이다.' 혹은 '오늘은 기분이 별로다.' 이렇게 끝을 맺었다. 나는 어린 시절 내 모습이 재미있어 한참을 실실거리며 보다가 문득 일기장에 지금의 내가 그대로 묻어있다는 걸 느꼈다.

단지 표현이 조금 서투를 뿐, 아는 단어가 많지 않을 뿐.

친구에게 공기놀이를 지고 서러워 울던 못난 나도, 갖고 싶은 걸 얻기 위해 어정쩡한 착한 일로 꾀부리던 나도, 좋아하는 애와 짝이 되어 좋으면서도 선을 그으며 넘어오지 마! 라고 말하던 표현에 서툰 나도 지금과 하나도 달라지지 않은 내가 그곳에 있었다. 한결같이 요지부동인 내가 신기하면서도 한편으로는 마음이 조금 서걱거렸다.

진 게 분하여 억울하다 말하며 펑펑 울던 그날의 나는, 툭하면 짝에게 지우개를 빌리며 어떻게든 선을 넘고 싶던 그때의 나는, 꾀부리고 못나고 서툴렀던 그 시절의 나는 그래도 순수했는데…….

언제 이렇게 순수함이 다 흩어져 따분해진 내가 된 걸까. 과거에서 난 무엇을 두고 과연 무엇을 가지고 온 걸까? 왠지 순수함이 다 사라져버린 어른만이 이곳에 남아있는 것 같았다.

그러다가 마지막 권에 이르러, 육학년 여름방학 숙제로 제출한 듯 보이는 일기장 맨 뒤에 이렇게 적혀있었다.

나는 커서 꼭 작가가 될 거야.

그 부분을 읽었을 때, 이제는 좀 컸다고 표지에 캐릭터도 없는 이 밋밋한 색깔의 일기장에다가 무척 진지한 듯 입술을 오므리고, 이 꿈을 쓰고 있었을 나의 어린 소녀가 보였다.

"그래 맞아. 내 꿈은 이거였어."

생각해보니, 나는 아주 어린 소녀 시절부터 뭔가를 쓰는 일이 하고 싶었다. 물론 그때는 작가라는 직업이 어떤 일을 하는지 정확히 몰랐겠지만, 무언가를 상상하고, 이야기를 만들어내고, 만들어진 이야기를 가족이나 친구들에게 들려주는 걸 좋아했다.

왠지 이제야 잃어버렸던 동생을 아니 꿈을 찾은 기분이었다. 그러자 나에게 얼른 새로운 일기장을 사주고 싶어졌다.

'그래, 지금은 로또로 일확천금의 기회를 노릴 때가 아니야. 내가 로또 같은 아이일지도 모른다고! 오히려 일확천금의 기회를 줄 글 쓰는 재능이 정말 나에게 있을지도 몰라!'

그렇게 생각하자 내 마음은 더욱 고동쳐 뭔가를 쓰고 싶어 안달이 났고, 또한 혼자 여행이 가고 싶어졌고, 야심찬 꿈일지 모르나 그 여행 이야기가 내 책의 시작이 되고 싶었다.

나는 며칠 뒤 통장에 있던 돈으로 카드 값을 전부 갚고, 다시 은행에서 삼백만 원 정도를 빌려 빚을 재부팅 시킨 후, 문방구에서 오렌지색 커버의 안은 재생지로 이루어진 일기장을 하나 사 미국행 비행기에 올랐다.

큰 캐리어와 함께 집을 나서는 나를, 엄마는 자신이 어쩌다가 이런 딸을 낳았는지 모르겠다며 씩씩거렸지만 눈빛만큼은 애정을 비추며, 내 손에 두둑한 용돈을 쥐여 주었다.

길

처음인데도 익숙한 길
매일 걸어도 모르겠는 길

가만히 혼자 있고 싶은 길
유난히 너랑 걷고 싶은 길

가기 싫은 길, 가고 싶은 길
걷고 싶은 길, 뛰고 싶은 길
그 밖에 여러 경우의 길.

본디 길이란 이렇게 경우의 수가 많은 곳이다.
다시 말해, 그러니 서두르지 않아도 된다는 뜻이다.

4/ 생에 처음으로 신을 찾다

구름 한 점 없는 5월의 마지막 날 내가 탄 비행기는 캘리포니아 주의 로스앤젤레스 공항에 착륙했다. 장작 열세 시간 만에 캘리포니아의 따뜻한 날씨 속으로 들어온 것이다.

이런 오리 털 같은 날씨만으로도 설레어야 하는데, 코앞으로 다가온 입국심사에 손에 땀이 날 정도로 긴장되고 배까지 아파왔다.

오기 전, 여행을 자주 다니는 친구에게 요즘 미국의 입국심사가 까다로워졌다는 이야기를 들었다. '이럴 줄 알았으면 평소에 영어라도 공부해둘걸. 하나도 못 알아들으면 어떡하지?' 하는 뒤늦은 후회가 밀려왔다.

"미국엔 왜 왔어?"

라고 덩치가 크며 험상궂게 생긴 입국 심사관이 물었다. 나는 아무 말도 못 하고 꿀 먹은 벙어리처럼 서서는 관광 비자 서류만 만지작거렸다. 역시 영어는 그렇게 빨리 포기하지는 말았어야 했다. '저는 불행히도 입도 열지 못하니, 부디 제발……' 이라며 애원의 눈빛을 대신 보내보았지만,

"여기 왜 왔냐고."

덩치가 크며 험상궂게 생겨선 참을성까지 없는 그 입국 심사관은 당장 대답을 안 하면, 너 하나쯤은 발가락으로 뻥 차서 한국으로 돌려보낼 수 있다는 표정으로 내게 다시 물었다.

그 순간, 책이었나 영화였나 아무튼 예전에 본 책이나 영화에서 로스앤젤레스를 상징하는 단어는 '성공'이라고 얼핏 봤던 게 생각났다. 나는 위풍당당한 표정으로 이렇게 말했다.

"This is my dream."

아, 목소리가 너무 컸다. 그리고 방금 내가 한 토막 영어는 한국어라고 해도 믿을 만큼 발음은 뻣뻣하고 억양은 우스꽝스러울 정도였다. 얼굴이 빨개지며 몹시 창피해져 나 스스로도 그냥 한국에 다시 돌아가고 싶어졌다. 그런데 갑자기 입국심사관이 껄껄 웃더니 "OK"라고 말했다. 그리고는 또,

"I hope your dreams come true(꿈이 이뤄지길 바랄게)."

라고 말하며, 동시에 통과 도장을 꽉 하고 찍어주었다. 순간 그 목소리가 너무 따뜻하고 다정스럽게 들려 영원히 그를 사랑하고 싶은 기분마저 들었다.

그렇게 입국심사를 통과하고 밖으로 나오니 미국은 내가 상상했던 이미지와는 모든 게 달랐다. 물론 상상만큼 컸지만, 왠지 상상한 것보다는 덜 무서웠다.

우선 내가 상상했던 미국 사람은 거대한 금목걸이를 목에 걸고, 집채만 한 라디오를 한쪽 어깨에 얹고, 힙합을 따라 부르는 레게머리의 흑인들이 거리에 즐비할 것 같았고, 또 두 번째는 어디서든 맹하게 굴었다간 총부리가 내 머리에 겨눠질지 모르는 마치 마피아처럼 생긴 남자들이 많을 것 같았는데 대부분이 되게 수수하고, 선하게 생겨 나의 예상은 다행인지 불행인지 제대로 빗나갔다.

내가 상상했던 미국과 유일하게 비슷한 건, 수화물 찾는 컨베이어 장치에 저렇게 클 필요가 있나? 싶을 만큼 커다란 럼주 광고판 정도랄까?

어찌 되었던 나의 미국 여행 일정표에는 먹다가 심장마비에 걸릴지도 모르는 정크 푸드를 매일 먹으며, 그토록 원하는 책의 첫 장을 쓰는 것이 전부다. 엄마의 잔소리도, 상사의 강요도, 주말 근무도 없는 나는 드디어 자유! ……를 만났나 싶었는데, 상상하지 않았던 것이 나타났고 결국 나는 그것에 항복하고야 말았다.

*

"꾸르륵, 꾸르르루룩."

그렇다. 배탈이 난 것이다. 미국에 도착한지 하루 만에 위와
장이 동시에 날 걷어차며, 한 삼십 미터 아래쯤 되는 시멘트 바
닥으로 나를 마구 내던졌다. 뭐 대충 그만큼 아팠다는 소리다.

다음날 상태는 더욱 악화되었다. 내 배에서 나는 소리에 놀
라 일어났고, 일어나 보면 온몸이 식은땀에 젖어 있었고, 화장
실로 가기도 전에 실수(용서하시길)를 할 것만 같아 거의 좀비처
럼 기어가 변기를 붙잡고, 땀을 비 오듯 흘렸다.

"겨우 하루가 지났어. 아직 정크 푸드는 먹지도 않았다
고……."

라고 여러 번 되뇌었지만, 사실 햄버거는커녕 물조차도 제대
로 먹지 못했고, 며칠째 너무 아프다 보니 이제는 미국이 내가
여기에 온 걸 못마땅하게 여기고 벌을 주는 게 아닐까? 하는
생각마저 들었다. 그러다 결국 나는 화장실 바닥에 무릎을 꿇
고, 이마를 바닥에 가까이 대면서 생에 처음으로 신神에게 간청
하는 상황까지 이르렀다. 너무나 짜증나고, 신경질 나며, 화난
상태로 말이다.

"이봐요 신. 약해 빠졌다고 생각하실지 모르나, 저 역시도 잘
다니던 직장을 때려치우고 엄마를 속상하게 하면서까지 여기
에 오고 싶지 않았어요. 하지만 이미 왔는걸 어떡해요?"

라고 기도하려다가, 아무래도 신에게 너무 버릇없어 보이면
안될 것 같아. 조금 간절한 말투로 바꾸어 먼저 인사를 드리고,

다시 기도를 시작했다.

"안녕하세요. 신께서 지금까지 제게 베풀어주신 은혜에 대해 정말 감사하게 생각하고 있어요. 그렇기에 저 역시 신께서 제게 주신 이런저런 일들을 바꿔달라고 떼쓰고 싶지는 않아요. 그러니까 지금 제가 하려는 기도는 인생을 행복하게 바꿔달라는 그런 커다란 것도 아니고, 로또에 당첨되게 해달라는 것 그런 무모한 것도 아니에요. 다만 그저……, 이 난도질당하고 있는 제 위장의 고통만이라도 어떻게 좀 해주실 수 없을까요?

네 맞아요. 이렇게 싸가지없는 위장을 제게 주신 것도 다 신의 깊은 뜻이 있으신 거겠죠. 그럼, 정 어려우시다면 이 여행 기간만이라도 제발 신께서 세 위와 장에게 아량을 좀 베풀어주실 순 없을까요?"

나도 지금 내가 뭘 하고 있는지 얼떨떨한 상태로 바닥에 엎드려 간청하는데, 놀랍게도 그 순간 어떤 목소리가 들렸다. 한 번도 들어본 적 없는 극도로 차분하고, 정적情迹을 느낄 수 없이 고요한 바로 신의 목소리였다.

「자네가 특별히 아프지 않아야 할 이유라도 있나?」

「네?」

아니 잠깐만. 저게 지금 한 인간을 책임지는 신이란 작자가 할 소리야? 최소한 아픔에 공감하는 척이라도 좀 해주란 말이야. 나는 너무 어이없고 화도 났지만, 신을 상대로 폭력을 써봤

자 아무런 이득도 볼 수 없기에 일단 잠자코 들었다.

「시련은 말이야 원래가 아주 아프고 고통스러운 법일세. 나도 그럴 때면 마찬가지로 아파. 하지만 방법이 없어. 그저 견뎌내는 것 밖에, 아픔은 이겨냈을 때야 비로소 벗어날 수 있다네.」

「저기, 그러니까 죄송한데… 신께서 지금 말씀하신 그 아픔이 이 아픔은 아니지 않을까요? 저는 지금 시련을 겪고 있는 게 아니라 그냥 배가 아픈 건데요…….」

내가 지금 뭔 소리를 하고 있는 거냐? 꿈꾸는 건가? 헐, 혹시나 화장실 바닥에서 죽은 거야? 라고 생각하고 있는데, 신은 계속 말을 이어갔다.

「만약 내가 지금부터 자네 인생에 어떤 아픔도 주지 않을 거라고 말한다면 나를 믿겠는가?」

「……아니요.」

「그러면서 왜 나에게 아픔을 해결해달라고 하는 것인가?」

「음… 우선 지금 너무 고통스럽고, 사실 당신을 지금까지 믿지 못한 건 항상 당신께서는 즉각적인 해결책을 제게 주시지 않으셨고, 기도를 해도 정말 당신의 응답인지 그저 우연인지 늘 애매모호하게 알려주셨으니까요.」

나는 솔직하게 대답했다. 그러면서 왠지 지금 신을 놓치면

인될 것 같아. 한마디 더 덧붙였다.

「하지만! 지금 이 순간만큼은 당신을 정말로 믿고 싶어요.」

「그럼, 그만 침대로 돌아가게나.」

그 순간, 그의 목소리가 너무 따뜻하고 다정스럽게까지 들려, 입국심사관을 버리고 신에게 양다리를 걸칠 것 같은…… 아, 아니지 그를 영원히 숭배하게 될 것 같은 기분이 들었다. 그러면서 내가 지금 할 수 있는 일이 정말 그것뿐이란 사실이 분명해져 허탈한 웃음까지 터져 나왔다.

만약, 저기 저 어딘가 조금 이상해 보이는 신께서 '네 위와 장을 싹 낫게 해줄게'라며 흔쾌히 호의를 베풀었거나, '아픔은 내가 해결할 수 있는 분야가 아니야 미안' 이렇게 사과를 했다면, 아마 받아들이기 어려웠을 것이다. 그건 지금 이 상황처럼 말도 안 되며, 살아보니 신은 항상 즉각적인 해결책을 내놓으셨던 분은 아니었으니깐.

그러니 지금 내가 할 수 있는 건, 신의 말대로 침대로 돌아가 차분히 잠을 청하는 일일 것이다.

'그래, 애초에 신에게 내 위장을 싹 다 낫게 해주길 바라는 건 아니었어, 일단 다 게워냈으니 침대로 돌아가 휴식을 취하며, 내일은 뭐라도 먹을 수 있기를 바라보는 게 현재로서는 최선이잖아? 왜냐면 지금은 새벽이고, 곧 해가 떠오를 거며, 잠

이 부족하면 또다시 나의 하루가 위장의 지배를 받게 될 테니
깐.'

마침내 나는 지친 몸을 이끌고 침대로 돌아가 아랫배를 움켜
쥐며 위장에게 그만 널뛰기를 정중히 부탁했다. 문득 정신을
차리고 주위를 둘러보니, 신의 목소리는 흔적도 없이 사라졌
다.

"그나저나 진짜 신을 만…난……걸까."

생각을 미처 마무리 짓지 못한 채 나는 잠 속으로 천천히 걸
어 들어갔다.

해가 중천에 솟았을 즘 눈을 떠보니 역시나 신의 모습은 보
이지 않았다. 반면 위장에서 이상한 기척이 느껴졌다. 맑은 공
기가 내 위와 장 속을 자유롭게 통과하는 느낌.

늘 쌀쌀맞고 차가웠는데, 이제는 넣어놓은 빨래처럼 가볍고
부드러우며 자유로워졌달까? 그러면서 자연스레 목이 마르고,
허기가 지며, 갑자기 두툼한 소시지에 허니 머스터드소스를 뿌
리고, 또 그 위에 칠리치즈를 툭 하고 무심하게 얹어놓은 미국
식 핫도그가 먹고 싶어졌다.

과연 신의 전지전능함이란 이런 걸까?

뭐, 어찌 되었던 드디어 정크 푸드를 먹을 수 있다는 위장의
허락도 받았겠다 몸도 푹 쉰 것처럼 가볍겠다 나는 결연하게
이불을 홱 젖히며, 침대에서 일어나 핫도그를 사 먹기 위해 급
히 밖으로 나갔다.

169

신은 왜 행복한 시기에는 보이지 않는 걸까?

5/   쾌적한 충동

"휘, 휘이.. 휘익...!"

멀리서 부르는 것 같은 소리에 잠에서 깼다. 책상 위를 계속
해 칼로 긁으며 자신의 이름을 새기듯 날카롭게 반복되는 소
리.

"휘휘, 휘이휘이, 휘익, 휘익."

소리에 수가 더해진다. 무형의 소리가 계속해 귀에 덧칠되니
곧 검은 형체가 되었다. 그것은 바로 '겁'이다.

요행히 집 밖의 생활이 익숙한 나는, 겁이란 슬픔과 마찬가
지로 대상이 또렷해질 때 비로소 벗어날 수 있단 걸 알고 있었
다. 나는 더욱 소리 나는 쪽으로 귀를 기울였다.

소리는 집 뒤에서 들려왔다.

침대에 똑바로 누워있는 상황이니 정확히는 정수리 위에서. 본능적으로 눈동자가 올라갔다. 이 집 뒤편으로는 큰 나무들로 둘러싸인 정원이 있는데 체스Chess로 치면 내가 묵고 있는 길고 네모난 진갈색의 집은 맨 앞줄에 있는 '폰'이고, 집 뒤편으로 우거져 있는 풀과 나무는 '나이트'와 '비숍' 그리고 숲 가운데 칠이 다 벗겨진 흰색 철제 의자와 테이블이 각각 '킹'과 '퀸' 같은 느낌의 구조다.

소리는 그 위에 앉아있었다. 그제야 며칠 전, 이 숙소에 체크인할 때 집주인 리타Rita가 했던 말이 떠올랐다.

"우리 집은 새벽 다섯 시쯤 새들이 찾아와. 이 테이블 위에서 노래를 부르지. 무척 아름다워. 놓치지 마 그것만은."

그때는 장면이 되지 못한 이야기였다. 침대 옆에 놓여있는 알람시계를 보니 다섯 시 구분. 겪은 후에야 리타의 말은 장면이 되어 눈앞에 펼쳐졌다 그리고는 마침내 안도한다.

'새'라는 단어에 배어있는 평온함 때문인지, 새의 작은 체구 때문인지 겁이 사라진 마음은 하얗게 빈 공간이 되었다.

그나저나 단어는 누가 주입시킨 생각일까? 엄마일까, 아빠일까 아니면 그냥 내 자아가 알아서 정리해 둔 걸까.

새는 그냥 새일 뿐인데,

어느새 소리는 얼굴 끝까지 올려져 있던 나의 이불 위를 걸어 다니고 있었다. 나는 그렇게 새들이 수런거리는 통에 잠이 다 깨버려, 침대에서 일어나 집 뒤편에 있는 정원으로 나갔다.

정말 그곳엔 작은 참새들이 가득 있었다.

자신들이 아침 일찍 일어나 잡은 벌레를 나누는 중인지 아니면 이것들이 지금 연애를 하는지 서로를 향해 계속해 찍찍 거린다. 내 보기엔 아주 신들이 났다.

내 잠까지 빼앗아 것도 모자라 그렇게 다정히들 있지 말라고, 라며 샘난 콧바람을 씩씩 뿜어내다가 문득 강렬한 충동에 휩싸였다.

*

뜬금없는 충동이었는지도. 그래 그럴지도 모른다.

새벽 다섯 시에 일어나 그것도 이렇게 바람이 횡횡 부는 낯선 주택가 사이를 가로지르며 조깅을 하고 있다는 건.

나는 조깅을 그다지 좋아하지 않는다. 아니 애초에 좋아한다, 좋아하지 않는다로 나눌 수가 없다. 왜냐하면 조깅을 해본 적이 없기 때문이다.

그런데, 했다. 갑자기 그러고 싶어진 것이다.

처음 이 생각이 들었을 때 일단 내 몸은 저자세였다. 조깅을 어떻게 하는지 전혀 모르기에. 한국말로 '달리기'라는 뜻이니 그냥 무작정 달리면 되는 건가? 그나저나 내가 조깅에 어울릴 만한 옷을 챙겨왔던가? 영화나 드라마에서 보면 한 손에 꼭 물병을 들던데……, 물통이 없어 아쉽네, 그럼 이어폰이라도 챙

거야겠다. 차츰 하는 쪽으로 몸이 움직였다.

이 나라는 해가 긴 대신 밤은 어마어마하게 어두웠다. 어
둠은 하늘에게만 있는 것이 아닌 방금 내 발에 치인 홈리스
Homeless에게도 있었다. 깜짝 놀라 비명을 지를 뻔한 걸 간신히
손으로 입을 틀어막았다. 다행히 그 홈리스는 아주 오랜만에
깊게 잠든 것 같았다. 나는 점점 돌아가고 싶은 마음이 간절해
졌다. 더 가면 안 될 것 같은데⋯⋯,라고 생각하면서도 몸은 계
속해 달리고 있으니 마치 안 사줄 걸 알면서도 장난감 가게 앞
에서 우는 아이가 된 기분이었다. 그래서 더욱 속력을 내었다.
긴장이 풀리면 후회할 것만 같아서, 후회하게 되는 순간 모든
건 끝이다.

그렇게 한참을 달리다 보니 저 멀리 간판에 조명이 깜박거리
는 게 보였다. 가까이 가보니 24시간 도넛과 커피를 파는 곳이
었다. '그래 잠시 물을 사려는 것이니깐 괜찮아'라고 혼잣말을
하며 카운터로 갔다.

나는 헉헉거리는 숨을 정돈하며 종업원에게 물을 달라고 하
였다. 종업원이 "ICE?" 되묻기에 그렇다고 답했다. "아, 저기!"
뒤돌아 가려는 종업원을 한 번 더 붙잡았다.

"지금, 음⋯ 어디에 내가 살고 있는 건가요?"

으이그, 이 바보야. 그렇게 물으면 어떻게 해! 그는 예상대로
나의 이상한 영어에 응답하듯 이상한 눈으로 흘낏 보았지만,

"This? Hollywood Avenue(여기? 할리우드 거리야)."

말을 찰떡같이 알아듣고는 알맞은 답을 해주었다. 근데 잠깐만, 할리우드 거리? 거기는 숙소에서 다섯 블록 정도 밖에 안 떨어져있는데 그런데 이렇게나 멀게 느껴졌다고?

얼음물은 생각보다 금방 나왔다. 말 그대로 컵에 얼음과 물이 담겨 있었다.

"얼마예요?"

"It's free(무료야)."

"네? 음……."

아니 왜 무료야? 물은 원래 무료인가? 젠장, 그럼 여기 더 있을 수가 없는데……. 생각이 꼬리에 꼬리를 물고 이어지자 이내 다급해져,

"그럼! 이 도넛이라도 주세요."

"That's OK(괜찮아)."

"?"

"Just stay. You'll be fine here(그냥 있어 여기서는 괜찮을 거야)."

"……."

나는 자리에 앉아 얼음물을 벌컥벌컥 마신 뒤, 창문으로 태양이 떠오르는 걸 기분 좋게 지켜보았다. 이미 조깅과 포기 죄책감 같은 단어는 잊은 지 오래였다. 아니 어떻게 되든 상관없었다.

"넌 항상 너무 충동적이야."

옛날부터 엄마 아빠에게 자주 이런 꾸중을 들었다.

"언니는 너무 포기가 빨라. 좀 더 진득하게 해볼 수는 없어?"

동생에게 마저 자주 이런 말을 들었다. 만약 지금 내 모습을
본다면 다들 얼마나 잔소리를 할지 생각하니 왜 그런지 피식피
식 웃음이 나왔다.

물론 충동적이었고 포기도 빨랐다. 하지만 이런 충동과 포기
가 없었다면 소통이란 것도 배우지 못했을 것이다. 그러니 그
들에게 심술부리듯 이야기해주고 싶었다.

"최소한의 소통이 사람을 얼마나 안심시키는지 다들 모르
지?"

태양이 정확히 아침이란 시간을 가리킬 때쯤 나는 숙소로 돌
아왔다. 정원의 새들은 집으로 돌아갔는지 이젠 없었다. 왜 그
런지 무척 산뜻한 기분으로 거울을 보았다. 그곳에는 바보처럼
실실거리는 한 여자가 서 있었다.

내가 잘 아는 여자였다.

균형 감각

아껴듣는 슬픈 노래가 있다.
눈물은 이제 쉬이 오는 게 아니기에.

때문에 나는 노래를 듣다가 눈물이 흐르는 순간이 소중하다.
눈물을 흘리고 난 후, 공허가 밀려온 세상이 한결 아름답다.

눈물을 통해 감정이 환기되는 시간.
슬픔, 눈물, 통증, 공허 그다음,
다시 여기저기서 들려오는 일상적인 소리.

그 소리에 맞춰 몸을 일으키는
이런 일련의 과정을 나는 사랑한다.

슬픔이란 아마 삶의 균형을 맞추기 위해선
꼭 필요한 감정이 아닐까?

6/   어딘가 있을 나만의 천국

   그랜드 캐니언을 보기 위해 로스앤젤레스를 떠나 라스베이
거스[Las Vegas]로 향했다.

   오기 전부터 기대했던 그랜드 캐니언 투어[The Grand Canyon]를
하기 위해서다. 라스베이거스에서도 차로 다섯 시간 정도 거리
에 있는 그랜드 캐니언은 미 서부의 대표적 관광지이자 영국의
BBC가 선정한 죽기 전에 꼭 가봐야 할 곳 1위로 선정되기도
하였으며, 한때 사천 명 이상의 인디언(원주민)이 살았다는 이
름 그대로 거대한 협곡이다. 그런데 안타깝게도 그 웅대한 절
경은 나를 자극하지는 못했다. 오히려 내게는 그 전날 묵었던
라스베이거스 호텔 1층 있던 으리으리한 카지노와 그곳에 비
키니를 입고 아무렇지 않게 활보하던 외국인들이 훨씬 더 자극
적이었다.

한껏 기대했는데……. 마치 노트북 배경화면 속에 초고화질 사진을 보는 것 같은 딱 그 정도의 감흥 그 이상도 이하도 아니었다. 심지어는 협곡을 계속 보고 있으니, 꼭 봐야 될 추천도서를 억지로 들이미는 것 같은 불쾌한 기분마저 들었다.

내가 이렇게 느꼈던 건 아마 협곡의 모습이 나와 닮아 있었기 때문일 것이다.

조금 더 자세히 말하자면, 가파른 절벽과 흙과 바람에 의해 깎여 나간 바위 그리고 다양한 색이 섞인 암석으로 이루어진 그랜드 캐니언의 모습이 왜 그런지 심하게 험해져있는 나의 모습과 비슷해보였다.

그랜드 캐니언이 유명한 이유는 규모와 절경도 있지만, 지구의 역사를 알려준다는 점에서도 의미가 크다고 한다. 콜로라도 강의 빠른 유속과 유량 때문에 많은 양의 진흙과 모래, 자갈 등을 운반되었고, 비가 거의 내리지 않는 지역 특성상 건조한 날씨가 유지되어 더욱 가파른 협곡이 생성 가능했다고…….

한 인디언 가이드에게서 이런 설명을 듣고 있으니, 묘하게 동질감이 느껴지면서 한편으로는 왠지 거울 앞에 나를 마주하고 있는 것 같은 기분에 거부감이 들은 것이다.

어찌 보면 이 여행의 시작 역시 아주 빠르고 경이롭기까지 한 사람들에게 질려서였다. 나는 지금까지 한 부모의 딸, 한 동생의 언니, 한 사람의 여자친구, 한 회사의 직원 등 내게 주어진 위치와 타인의 원하는 직책을 수행하느라 바빴고, 그들의 요구와 기대에 부응하느라 스스로를 점점 잃어가고 있었다.

이 모든 일들이 하면 할수록 힘에 부친다는 건 진즉에 알고 있었다. 그러면서도 노력했던 건, 만약 내게 주어진 역할과 직책을 다 버리고 나면 왠지 한 번도 마을을 떠나본 적 없는 이곳 인디언들처럼 이 밖의 세계가 두려울 것 같았고, 어쩌면 훨씬 더 냉혹하지 않을까 하는 불안 때문이었다.

그래서 그냥 내 위치에서 건조해지는 걸 선택했고, 마음도 점점 아래로 침식해 좁고 깊은 골이 생겨나고 있었다.

그러다 보니 주체적인 인간으로서 사람들과 소통하고, 그들과 함께 걸어가는데 장애를 겪는 건 어찌 보면 당연한 것이었다. 이미 만들어진 협곡은 어떻게도 건너갈 수 없는 것처럼 말이다.

*

'그럼 많은 것을 내던지고 온 지금, 앞으로는 어떤 직책이나 어느 위치 없이 살아도 괜찮겠어?'

조용히 나 자신에게 물었다. 나는 언제나 구속되지 않는 삶을 원했고, 지금이 바로 그 순간이니까.

"⋯⋯."

아직은 어떤 대답도 할 수 없었지만 괜찮았다. 내게 이 질문을 할 수 있게 된 것만으로도 기뻤다. 앞으로는 이 질문에 대한 해답을 찾기 위해 살아갈 것이다. 그러자 생각들이 서서히 축적되기 시작한다.

그날 밤 나는 이곳에 오기 전에 산 오렌지색의 일기장 첫 페이지에 이렇게 적었다.

여기에 데려온 것 중 가장 소중한 건 바로 '너'야.
앞으로 내가 지켜줄 것도 바로 '너'야.
너를 잃지 마.

그리고 방금 막, 나의 이야기가 시작되었다.

물론 내 이야기는 행복하지 않을 수도 있고, 유쾌하지 않을 수도 있고, 어쩌면 밀린 일기를 쓰는 것처럼 고될 수도 있지만 한 가지 확실한 건 이 이야기는 완성될 거라는 것이다.

왜냐하면 나는 이곳을 오기 전과는 분명히 다른 사람이 되었고, 이미 오기 전과 돌아간 후, 그 사이에 있는 따뜻한 인간과 유치한 인간들 사이에서 내성적인 꿈과 외향적인 현실 사이에서 중심을 잡기 시작했으니까.

이 진한 여운을 잊지 않으려 일기장을 가슴께에 갖다 대었다. 그러자 내 안에 생명이 강하게 꿈틀거리는 걸 느꼈다.

이제 나에겐 한국에서 로스앤젤레스로, 로스앤젤레스에서 다시 라스베이거스로, 라스베이거스에서 그랜드 캐니언까지의 길을 다시 돌아갈 여정이 남았다. 반 밖에 안 남았다는 생각을 하면 공허해질 테니까, 아직 여정이 반이나 남아있다는 사실에 감사하기로 했다.

 그 뒤로 남은 시간 동안 나는 마음껏 미국을 여행했고, 흥미로운 것들을 발견하기 위해 노력했으며, 이곳에서 느낀 감정들이 내 여행의 증거라는 사실에 감동했고, 이곳이 천국이었다 말하면 왠지 슬퍼질 것 같아, 어딘가에 있을 나의 천국을 위해 여행을 계속 이어갈 것이다. 라고 일기장 맨 마지막에다가 그렇게 적었다.

 한국으로 돌아가기 전날.

 욕조에서 만족감에 휩싸인 몸으로 누워 있다가 혹여 이 만족감이 물에라도 씻길까 갑자기 불안해졌다. 언제든 필요할 땐 꺼내 보고 싶을 만큼 행복한 기억들인데……. 기억도 예금처럼 은행에 맡겨놓을 수 있으면 좋겠다, 라고 생각하다가 문득 신이 떠올랐다. 나는 이번에도 한 번 더 신을 믿어보기로 하였다.

 "미래의 시련에 대비한 보험으로써 이 기억을 오래도록 지킬 수 있도록 신께서 도와주세요."

 그렇게 며칠 뒤,

 나는 목소리가 완전히 맛이 가 쇳소리 나오고, 한층 더 유기견스러워져서 집으로 귀환했다.

여행 중에 할 수 있는 가장 멋진 행위는
가만히 누워 하늘을 바라보는 것

구름은 어디서 와서 어디로 가는지,
저기 바삐 날아가는 새들의 약속 장소는 어딘지,
지금 내리는 빗줄기가 과연 내 눈에도 고일 수 있는지

그런 얼토당토않는 생각을 해보는 일이다.

귀환

V. 과거에 대하여

1 / 담배

    내 오른쪽 검지에는 빨갛게 불에 그을린 흉터가 있다. 어렸을 적 베란다에서 아빠가 피우던 담배꽁초 끝을 꾹―하고 눌러 생긴 상처다. 끝부분만 색이 바뀌면서 타닥타닥 타들어 가는 게 신기했던 모양이다. 아팠는지 울었는지 혼났는지 기억이 안 날 만큼 이건 '어렸을 때' 일이다.

    내가 처음 피운 담배는 말보로였다. 말보로를 고른 이유는 디자인이 예뻐서. 담배를 피우게 된 이유는 영국 드라마 「스킨스」 속 주인공 '에피'의 담배 피우는 모습이 예뻐서였다.

    그땐 나름 엄마한테 들키면 쓰려고 변명까지 준비해 둘 만큼 이건 '자랐을 때' 일이다.

    첫 담배의 로망은 연기가 목에 걸려 컥컥거리는 바람에 날아갔다. 그렇게 한 개비가 비어진 채 아직 나의 서랍 속에 있다.

그날, 병원 침대에 누워 "아, 담배 피우고 싶다"라고 말하는 아빠에게 사실은 그냥 피우라고 말해주고 싶었다. 곧 먼 길을 떠날 아빠에게 그래도 된다고 말해주고 싶었다. 이건 내가 '잃었을 때' 일이다.

그리고 요즘 '아, 담배 피우고 싶다'라고 생각할 때가 있다. 아니 생각이 날 때다. '아, 커피 마시고 싶다'처럼 아무렇지 않게 불현듯.

쭉 생각해 오던 게 아니라서 그런지 그럴 때면 스스로도 조금 당황스럽다.

이건 내가 세상을 '다 알아버렸을 때' 일이다.

2/   반박합니다

나는 음감이나 박자감과 비슷하게 운동신경도 없었다.

게다가 잘 해 보이겠다는 승부욕이나 마음가짐도 없어 지금까지 다룰 수 있는 악기도, 할 줄 아는 운동도 없다. 엄마 말에 따르면 동생과 나의 차이는 여기라고 한다.

여기란, 끝까지 해 보이겠다는 끈기.

동생은 내가 육 개월 만에 때려치운 피아노 학원에 육 년을 다녔고, 요가도 꾸준히 한다. 그렇지만 요가와 피아노와는 전혀 관계없는 일을 하고 있다.

그러니 나는 좀 반박하고 싶다. 글 쓰는 일, 내가 이루고자 하는 일만큼은 나도 잘 해 보이고 싶다고 승부욕도 있다고.

끈기란 요컨대 모든 일에 꼭 필요하지는 않다고.

사실 '글'에 대한 고집은 끈기 없는 나의 콤플렉스에서 비롯되었는지도 모르겠다. 군이 엄마가 말하지 않아도 열정엔 취약하다는 걸 알고 있었으니까.

오랜만에 동생에게 전화를 걸어 요즘은 무엇을 배우냐고 물으니, 두 달 전부터 이탈리아 요리를 배우고 있다며 언제 한번 푸타네스카 파스타를 먹으러 오라고 하였다. 푸카? 뭐?

3/　　　할머니

16년 전, 정확히는 열다섯 봄까지 나는 할머니와 함께 지냈
다. 할머니는 맞벌이하는 부모님을 대신해 동생과 나를 돌봐
주셨다.

할머니는 쇠고기를 좋아하셨다. 반찬은 늘 불고기를 드셨고,
외식할 때는 주로 도가니탕을 드셨다. 나도 그런 할머니를 따
라 고기를 좋아하게 되었지만, 왜 그런지 할머니는 밥 먹을 때
마다 나보다 동생에게 더 많은 고기를 주셨다.

"할머니! 왜 동생만 많이 줘요?"

나는 물었다. 그럼 할머니는,

"동생은 아직 작고 어리니깐."

라고 대수롭지 않게 대답하셨다.

"치, 겨우 한 살 차이인데……."

그럴 때마다 나는 입술을 삐쭉 내밀며 '동생이 빨리 좀 컸으면, 동생이 빨리 내 나이가 되었으면'하고 바랐는데 일 년이 지나 작년 내 나이가 되어도 또 일 년이 지나 나만큼 키가 자랐는데도 할머니는 여전히 나보다 동생을 먼저 챙겼다.

나는 서운함과 서운함과 서운함이 쌓여 할머니가 다시 시골로 내려가시던 날까지 부루퉁하게 있었던 것 같다.

잠시 내용을 비껴가면, 우리 집 강아지는 나와 같은 방을 쓴다. 꼭 내 방에서 간식을 먹고 공놀이를 하고 내 침대 위에서 잠을 잔다. 어느 날 문득 이런 생각이 들었다.

할머니가 유독 동생을 더 챙겨주었던 건 자신에게 방 한편을 내어준 고마움의 표시가 아니었을까? 동생은 나만의 방을 갖고 싶던 어린 시절부터 혼자 있고 싶던 사춘기 시절까지 할머니와 같은 방을 썼다. 작은방에서 누룽지 맛 사탕을 나눠 먹고, 할머니의 고된 시집살이 이야기를 들어주며, 현재의 외로움을 달래주던 동생을 향한 고마움의 뜻이 아니었을까.

우는 나에게 자신의 등을 내어주는 강아지를 보며 문득 그런 생각이 들었다.

4 /   콩밥

어렸을 석 편식이 심했나. 그중에 유득 콩밥이 싫었디. 찰진 밥에 딱딱함이라니…, 정말 별로였다.

그래서 밥 먹을 때마다 콩을 한 알 한 알 골라냈는데, 엄마는 딱히 혼을 내진 않으셨다. 다만 다음날부터 콩을 더 듬뿍 넣었을 뿐.

너무 많아 골라내다간 학교에 지각할 것 같은 아침밥이 하루하루 내 앞에 놓였다. 몇 번 반항을 했던 것도 같지만, 자라고 보니 난 콩밥을 잘 먹는 어른이 되어 있었다.

얼마 전 오랜만에 소꿉친구들과 모여 밥을 먹는데 음식점 공깃밥이 콩밥이었다. 나는 맛있겠다, 하며 한 숟가락 푹 떠서 입에 넣었다. 그런데 친구들의 표정은 '아, 왜 하필…….' 미간을

잔뜩 찌푸린 채 콩알을 섬세하게 골라내고 있었다. 단 하나의
콩알도 용납할 수 없다는 듯이.

그 모습에 왠지 모를 자부심을 느꼈다. 내가 애네 보다 좀 더
어른인 것 같은 우쭐한 기분이랄까?

요즘도 가끔 콩밥을 보면 엄마가 나에게 처음 알려준 '어른
의 맛'이란 생각이 들어 새삼 고마워진다.

사실 내 마음속에는 아직 덜 자란 사춘기 중학생과

시건방진 초등학생이 같이 살고 있는 듯한 기분이 든다.

5/   방방이

　어린 시절 아파트 뒷골목, 둥그런 회색 테두리 안으로 탄력 있는 검정 매트를 씌워 놓은 기구를 우리는 방방이라고 불렀다. 한참 지나서야 방방이의 정확한 명칭이 트램펄린Trampolin이라는 걸 알게 되었지만, 이후에도 난 방방이라는 어감이 좋아 줄곧 그렇게 불렀다.

　지금 보면 딱히 특별한 점 하나 없는 방방이가 뭐 그리도 좋았는지, 나는 매번 방방이에게 용돈을 올인했다. 당시 방방이 탑승 가격은 삼십 분에 오백 원, 아이스크림이 삼백 원이었던 시절이었으니 나는 즐거움에 꽤 큰 금액을 투자한 것이다.
　그만큼 좋아했던 건 날고 싶다거나 하늘에 가까이 가고 싶다거나 하는 그런 감성적인 이유는 아니었다. 그저 단순히 발바닥에 스프링을 단 것 같은 경쾌함과 순간을 껌처럼 늘려주는 유쾌함이 날 행복하게 만들었다. 방방이에서 내려와 집으로 걸어가는 동안 마치 문어가 된 듯 흐느적거리던 다리까지 포함해서 말이다.

그런 소중한 추억을 다시 만나고 싶어도 요즘은 방방이를 찾아보기 어렵다. 이 글을 쓰며 인터넷에 검색해보니 요즘은 키즈카페에 많다는데, 어떤 블로그에서 본 정보로는 저 멀리 제주도 모 초등학교 건물 뒤편에 희귀템처럼 있단다. 그런데 이마저도 유아용이라니 찾아가지는 마시길.

이렇게 점점 나의 추억상자가 비어간다. 나는 조용히 빈 상자를 바라본다.

존재가 느껴지지 않으니 부재를 견디는 수밖에 없지만, 그래도 미래가 조금만 천천히 와 주었으면 하고 부재로 가득한 상자를 껴안으며 중얼거린다.

6/   웃픈 별명

1.

지금까지 별명이라면 이름에 얽힌 것이 대부분인데, 유일하게 이름과 관계없이 불린 별명이 하나 있다. 바로 복부인. 풀이하면 '복부腹部+ 인人'인데 여기에는 조금 슬픈 사연이 있다.

여고생 시절 쉬는 시간만 되면 삼삼오오 모여 하던 놀이가 바로 말뚝박기였다. 말과 말 타는 편으로 나누어 타기도 하고 가끔은 본인이 기둥이 되기도 하는 놀이인데, 키가 큰 나는 상대편이 오르기 어렵게 맨 뒤에서 말이 되어 엎드릴 때가 많았다. 그럼 상대팀은 한 명씩 나의 등 위로 뛰어올랐다.

이 놀이의 취약점이라면 상대팀이 뛰어오를 때마다 말들의 체육복 상의가 자꾸 올라간다는 것이다. 때마침 관람자였던 친

구 한 명이 그 광경을 보고는 꺄르르 웃으며 뒤로 넘어갔다. 기둥이었던 친구가 이유를 물으니,

"혜현이 배가… 아하하하. 너 배만 왜 그렇게 볼록해."

참나, 내 뱃살 때문이란다.

순간 나는 얼굴이 새빨개졌다. 여기서 조금 변명을 하자면 나는 키가 크고 팔다리가 가는데 유독 뱃살이 많다.

아무튼 그 뒤로 고등학교 삼 년 내내 별명이 복부인이었다. 그리고 별명의 힘은 실로 대단해 몸에 착! 찹쌀떡처럼 붙어 버려 십 년이 지난 지금도 복부가 그대로다. 젠장.

2.

지금까지 별명이라면 웬만큼 다 마음에 들었는데(심지어 복부인마저도), 유일하게 마음에 들지 않은 별명이 하나 있다. 바로 아사달과 아사녀.

아사달과 아사녀는 신라시대에 석가탑을 건설할 때 참여했던 백제에 석공과 그의 아내로 오랫동안 입에서 입으로 전해져 온 설화의 주인공이다. 실존 인물인지 정확히 알 수는 없지만 무척 부부애가 좋았다고 한다.

난 여기서 아사녀를 맡고 있었는데, 때는 바야흐로 십구 년 전 초등학교 오 학년. 내가 짝사랑하던 상대가 나를 짝사랑한다는 소문이 퍼지면서 우리 둘은 전교생이 다 아는 애틋한 커플이 되었고, 하필 그날 사회 시간에 아사달과 아사녀에 대해 배우면서 그 아이와 나는 별명이 세트로 만들어졌다.

내 기억이 맞는다면 그 뒤로 우린 커플은커녕 말 한마디 나누기 어려운 사이가 되었다. 그 갖은 야유와 놀림 속에서 커플이 된다는 건 로미오와 줄리엣이 결혼하는 것만큼 어려웠기에.

그러다 얼마 전, 우연히 길에서 그 아이와 꼭 닮은 남자 어른을 보았다. 십구 년 만에 처음 봤는데도 한눈에 딱 '그 아이야!'라고 확신했다. 작은 얼굴에 토끼 이빨 그리고 동생을 참 예뻐하며 등하교 하던 그 고운 표정까지 무엇 하나 변하지 않았다.

하지만 나는 네가 맞냐고, 결국 묻지 못했다. 왜냐하면 별명 외에는 그의 이름이 전혀 기억나지 않았기 때문이다. 이런 젠장.

7/   삶은 달걀

    나는 삶은 달걀을 싫어한다. 스무 살 때 삶은 달걀만 먹는 무모한 다이어트를 하다가 죽을 뻔했다는 것이 그 이유다(지금 생각해도 정말 무식한 방법이라 추천하고 싶진 않다).

    그날 이후 삶은 달걀이란 단어에 배어 있는 텁텁함과 꿉꿉한 냄새조차 견디기 힘들 만큼 싫어했는데 얼마 전 한 건강 프로그램에서 삶은 달걀이 몸에 좋은 이유를 무려 아홉 가지나 알려주었다.

    뇌, 시력, 뼈, 치아, 피부, 모발 등 우리 몸의 대부분을 마치 왕을 지키는 호위무사처럼 안전하게 지켜준다는 것이다.

    그 방송을 보고도 안 먹겠다면 그냥 인생 막살기로 결정했거나 아니면 단명하기로 작정했거나 둘 중 하나일 만큼 삶은 달걀의 효과는 실로 어마어마한 것이었다.

인생을 내 멋대로 살고는 있으나 단명하고 싶지는 않아, 큰 맘 먹고 부엌으로 가 냄비에 물과 달걀 그리고 소금을 약간 넣고 불을 올렸다.

십분 정도 지나자 살짝 달걀 껍질이 깨졌고 미리 받아둔 찬물에 담갔다. 후후 불어 열기를 식힌 뒤 천천히 껍질을 벗겼다.

그런데 막상 하얗고 탱글탱글한 달걀이 손에 쥐어지니 아까의 호기는 온데간데없어지고 헛구역질이 올라왔다. '먹을 수 있을까……' 아무래도 조금씩 먹으면 더 힘들 것 같아. 달걀을 소금통에 푹 찍어서 한 입에 넣었다. 몇 번을 오물오물 하자, 포슬포슬했던 감촉이 없어지고 이내 참았던 숨을 내쉬었다. 코로 살짝 비릿한 향이 올라왔지만 뒷맛은 짭짤하고 고소해 나도 모르게 맛있다, 라고 말해버렸다.

그날 이후 삶은 달걀을 종종 먹는다. 먹을 땐 꼭 두 개씩. 삶은 달걀을 먹으면서부터 잘 안 먹던 김치까지 좋아졌다. 둘은 천생연분이라 생각한다.

사실 삶은 달걀에 대해 이렇게 길게 쓰고 있는 이유는 요즘 자꾸 질척거리는 나에 대해 말하고 싶어서다. 나이가 자라면서 '싫어'가 '나쁘지 않네'가 되기까지 소요 시간이 짧아졌다. 나와 합의하고 타협하는 시간이 빨라졌다고 해야 할까. 아니면 세상을 살아가면서 익힌 처세술 덕분이라고 해야 할까.

어렸을 적에는 싫은 건 아무리 어르고 달래도 '싫어'였는데,

요즘은 이런저런 이유를 붙여가며 좋아하려 애쓴다.

이런 나를 조금은 안쓰럽게 보면서 말이다.

왜 그런지 밀크캐러멜을 먹으면

단박에 어린아이로 돌아가는 것 같은 기분이 든다.

8/ 아이

내가 아이에서 벗어난 후부터 나는 아이와 이야기하는 걸 좋아하게 되었다.

여기서 아이란 초등학교 저학년 즈음을 말하는데, 그맘때 아이들이 갖고 있는 호기와 단조로움이 가끔 지친 내 마음을 위로해주기 때문이다.

한번은 비가 많이 내리던 7월의 어느 날이었다. 예상했던 비였지만 예상치 못한 양이 쏟아져 우산을 써도 홀딱 젖어 버렸다. 나는 강아지처럼 아파트 출입문 앞에서 몸을 후두두두 털고 있었다.

"너 엄마한테 혼나겠다."

"어떡하지……."

"큰일 났나~ 큰일 났다~ 어뜩하냐~ 어뜩하냐~. 안녕, 내일
보자."

소란스러운 인기척에 돌아보니 놀리던 아이는 튼튼한 우산
과 함께 위풍당당 빗속으로 사라지고 남은 아이는 잔뜩 풀이
죽어 출입문 비밀번호를 누르기에 나도 뒤따라 들어갔다.

아홉 살 즈음으로 보이는 남자아이는 온몸이 다 젖은 채 고
개를 푹 숙이고 있었다. 아이는 천이 다 벗겨져 흐물거리는 우
산을 쥐고는 땅이 꺼져라 한숨을 쉬면서 엘리베이터를 탔다.

나는 시무룩한 그 아이를 위로해주고 싶었다. 나도 때론 아
이들에게 위로받으니까.

"엄마가 우산 망가진 걸로 화내시진 않을걸?"

"그럴까요? 이거 엄마가 아끼는 우산인데……."

"응. 네가 그런 게 아니라 비가 그런 거잖아."

아이는 내 눈을 빤히 보다가 이내 활짝 웃으며 되물었다.

"내가 한 게 아니라 비가 이런 거예요?"

"응, 비가 그런 거야. 오히려 엄마가 더 튼튼한 우산을 사주
실 거야. 그러니까 너무 걱정 마."

"그런데요……."

"?"

"엄마도 비가 한 거 알겠죠?"

"그럼. 엄마는 뭐든 다 알아."

"다행이다!"

땡, 소리와 함께 아이는 고맙다는 인사를 두 번이나 남기곤 바람처럼 사라졌다.

나는 역시 요맘때 아이들과 대화하는 것이 즐겁다. 이토록 쉽게 타인을 투과할 수 있는 저들의 투명함을 부러워하며 말이다.

생각해보년 꼬맹이 시절 나는 꽤 오만했다.

원더우먼이 되어 지구를 지키겠다고 막연히 세계 평화를 꿈꿨었다.

평생 내면의 평화조차 지키기 어렵다는 걸 모르면서 말이다.

9/ 고래고래 노래 부르기

나는 초등학교와 중학교 시절 합창단이었지만, 지금은 노래와는 전혀 무관한 일을 하고 있다.

하지만 나는 자주 어디서든 주크박스를 작동시키는데 왜냐하면 노래 부르는 것이 묵혀둔 감정을 해소하는데 도움이 된다는 걸 그 당시에 배웠기 때문이다.

따라서 나는 정말 느닷없이 노래를 부른다.

낮이면 텅 빈 거실에서, 밤에는 산책을 나가서, 주말에는 주로 청소기를 돌리면서 등 나의 주크박스는 어디서나 작동 가능하다.

사실 노래 부르는 건 어렸을 적부터 좋아했다.

좋아했던 이유는 노래 부르고 나면 머릿속에 가득 차있던 무거운 감정들이 환기되는 것 같았다. 설명하기는 조금 어렵지만 왠지 머릿속에 있던 이유 모를 불안들이 목을 타고 내려와 마이크에 봉인되는 것 같달까?

마이크를 입술 끝에 대고는 고래고래 노래를 부르면, 그 안으로 조금씩 불안과 무서움이 빨려 들어가는 것 같았다. 그래서 어린 시절 나에게 마이크는 마치 해리 포터의 요술지팡이처럼 느껴졌다. 가끔은 노래 부르기 전 주문까지 외웠다는 건 차마 창피해서 숨기고 싶지만······.

조금 더 자라서는 이유를 아는 불안함. 예를 들면 시험을 망쳤을 때 혹은 친구와 싸웠을 때도 자주 노래방으로 달려가 마이크를 가까이 대고는 고래고래 노래를 부르며 불안한 감정을 환기시켰다.

그럼 어느새 머릿속은 텅 비어 있고. 몸도 조금 가벼워진 것 같았다.

혹자는 그럼 꿈이 가수였어야 하는 거 아니냐고 물을지도 모르겠지만, 그러기에는 내가 좀 음치, 몸치, 박치다. 그러니까 정말로 단순하게 노래 부르는 행위 자체가 좋았던 것이다 아니면 그 행위의 끝이 도피라는 걸 알고 있었다거나. 그것도 아니면 단순히 불안한 마음으로부터 도망치고 싶던 어린아이에 간절함일지도.

우리의 삶은 늘 갑작스럽게 가혹해지니까.

아이의 눈에도 도피 수단 하나쯤은 필요하다고 생각했던 것이다. 물론 지금도 그 생각에는 변함이 없고.

음악이란 사람의 마음을 쉽게 바꿀 수도, 멀리 도망가게 할 수도 있는 힘이 있으니까. 그렇게 만신창이가 된 몸으로 음악에게 기댔던 것 같다. 음악을 몸에 감으면 안심이 되고, 왠지 보호받는 듯한 기분도 드니까. 그렇게 몇 번이고 몇 번이고 되풀이되는 음악을 따라 부르며 항상 나직한 위로를 받았다. 그러면서 서서히 통감했던 것 같다.

이런 소박한 행위에서 위안을 얻지 못하면, 도저히 이어 붙일 수 없는 것이 바로 인생이란 걸, 그러니 살아가기 위해 음악에게만큼은 기대도 된다고 말이다.

음악은 가끔 무례할 때도 있다.

서글픈 연주에 마음이 금방 서늘해지는가 하면,

멋대로 내 안의 고독과 대면하게 해

외로움만 잔뜩 짊어지게 되는 음악도 있다.

음악이 마치 와이파이처럼 고독을 공유한 것이다.

중요한 건,

너무 갑작스러운 순간이라 크게 휘청댄다는 것이고,

결국 어쩔 수 없이 또 공허해진다는 점이다.

10/   조금 탁했던 때

어린 시절 기억 속에 엄마는 자신의 요리 실력을 뽐내며 즐거워하던 모습이 있고, '쉿!' 과장된 제스처를 취하며 몰래 나의 손에 사탕을 쥐어 주고는 행복해하던 아빠의 모습이 있고, 매일 밤 라디오처럼 옛날이야기를 들려주던 할머니의 까슬하지만 정겨운 목소리가 있다.

하물며 내 스케치북 속에도 다 같이 과일을 먹으며 환하게 웃고 있는 가족이 있으니, 복작복작했던 우리 집은 분명 사랑이 넘쳤다고 생각한다.

이렇게 가족을 좋아했고, 집 안에 있으면 안심이었는데 나는 왜 그런지 집 밖을 좋아하는 아이로 자라버렸다.

밖은 낯설지만 흥미로웠다. 밖에서 만난 사람들과 정신없이 놀다 해 질 녘 때쯤 집으로 돌아오거나 가끔은 돌아오지 않았다. 나는 점점 더 낯선 곳에서 깊이 자고 더 깊게 안도하고는 했다.

정말이지 이상했다. 어떤 게 진짜 나였는지 나조차도 의심스러웠다. 그러다 어느 날 나는 '안'도 '밖'도 아닌 그 사이(아마도 사춘기에 속할)에 맞물려 아주 오랫동안 그곳을 떠돌게 된 적이 있다.

사춘기, 그곳은 모든 게 탁했다.

인공적으로 느껴질 만큼 하늘은 희뿌옇고 곳곳에는 먼지의 텁텁함이 자욱했다. 꽃은 있었지만 바람이 불온했고, 땅은 험궂이 제대로 서있기조차 힘들었다.

그곳에서 나는 자꾸만 비틀거렸고 그러다 보니 우울해지는 건 당연한 일이었다. 탈출할 방법마저 모르니 한참을 그냥 멍하니 서있었다. 누군가 구원해 주길 바라면서…….

때마침 하늘에서 폭우가 내렸다. 쫙쫙 거세게 쏟아져 내리는 빗줄기가 금세 강물을 이뤘고 나는 이리저리 휩쓸리다 어디론가 떠내려갔다.

간신히 정신을 차려 보니 나는 흑갈색으로 잘 포장된 아스팔트 도로 위에 있었다. 고개를 들어 본 이정표에는 '어른'이라고 적혀있었다.

그렇게 그곳을 무사히 빠져나와 어른이라는 길 위를 걸을 수 있게 되었다. 신기한 건 그 길 위에서는 마음껏 집 밖을 즐길 수도, 언제든 집으로 돌아갈 수도 있었다.

돌아가면 따뜻했고 그렇다는 건 여하간 또다시 밖으로 나갈 수 있는 이유가 되어 주었다.

이제는 집 안에서도 집 밖에서도 잘 지낼 수 있는 어른이 되었지만, 가끔 한 번씩 탁했던 그곳에 생각날 때가 있다.

그리운 것 같기도 하고 버려둔 것 같은 기분도 들고, 돌아가면 좋겠다 싶다가도 왜 또다시 그곳에 가고 싶어 하는 걸까? 나는 이곳을 좋아하는데……, 라며 멋쩍어한다.

정말이지 여전히 나는 내가 봐도 이상하다.

"나가서 놀다 올게요!"

라고 말하며 나갔지만, 막상 뭘 하면 좋을지 몰라
놀이터 의자에 앉아 홀로 시간을 보낼 때가 많았다.
괜스레 바쁘게 지나가는 개미를 붙잡으면서.

11 /   단어의 이면

　돌리고 싶은 시간은 '후회'가 되었고
　후회를 뒤집으니 나를 보게 되었고
　나를 제대로 보니 무상한 욕심이란 걸 알았다.

　하고 싶은 말을 모으니 '자랑'이 되었고
　자랑을 뒤집으니 부끄러움을 보게 되었고
　부끄러움과 마주하니 모든 게 허상이란 걸 알았다.

　살면서 배운 감정의 언어는
　모두 이렇게 이면이 있었다.

12/   나의 마지막 산타

  내가 산타 할아버지의 진실을 알게 된 건 그날 밤부터다. 내 기억 속 마지막 산타는 나에게 '미키마우스 인형'을 주고 가셨다.

  잠에서 깨어나 보니 머리맡에는 내 키만 한 미키마우스 인형이 있었고, 정신이 깨고 보니 머릿속엔 산타의 실체가 있었다.

  그리고 그날 이후로 나는 선물을 받기 위해 착한 일을 찾아 하지도, 눈물을 한 번에 뚝 그치려 노력하지도 않았지만 산타의 실체만은 엄마 아빠에게 털어놓을 수가 없었다. 어린 마음에도 사실을 확인할 용기가 없었던 것이다.

  그렇게 산타의 진실을 묻어둔 채. 나는 미키마우스와 함께 어디든 다니다가 문득 정신 차리고 보았을 때는 미키마우스 없이 혼자 길을 걷고 있었다.

이제는 당연히 산타를 잘 안다는 듯 어른스러운 표정으로 살아가고 있지만, 과거 어느 시절 산타를 만났다는 것만으로도 나는 다시 그 시절을 얻고, 괜스레 한 번 더 눈물을 참으며, 이 모든 상상을 언젠가 다시 물려줄 수 있을 것만 같아진다.

내게는 그 밤이. 매일 트리 앞에서 두 손 모아 기도하던 선물을 보내준 산타가, 조심스럽게 들어와 행복한 얼굴로 내 머리카락을 쓰다듬던 산타의 표정이 아직도 가슴속에 찐하게 남아 있기에…….

13/   그렇다면 잘하고 있는 것이다

끝이 잡힐 것도 같다가
끝이 미로 속으로 숨어버린 건 아닐까 하다가

좋아해 주겠지 하다가
싫어하면 어쩌지 불안해하다가

마음에 들었다가도
다음날 보면 고치고 고치다 틀려버린 문제 같기도 하다면
당신은 잘하고 있는 것이다.

불안을 되새기는 것만큼
완벽에 가까이 가는 법도 없을 테니깐.

삶에 의미 없는 건 없다.

내가 살면서 겪은 감정이 이렇게 '문장'이 되었듯 말이다.

귀환

VI. 현재에 대하여

1/ 　　　암중방광暗中放光

내 안에 고통과 아픔, 슬픔과 같은 어둠이 없었다면
내가 빛이 있는 사람이라는 걸 알지 못했을 거야.

희미한 빛이었던 내가 이토록 환한 색을 띨 수 있는 건
나에게 어둠을 알려준 당신들 덕분이야.

그리고 이젠,
당신이 나의 빛에 눈이 멀 차례고.

암중방광(暗中放光) : 어둠 속에서 빛이 비친다는 뜻으로, 뜻밖에 일이 잘 해결됨을
이르는 말.

2/ 소란스럽다

번화가 속을 빠져나와 서서히 골목길로 접어들 때, 친구들의 수다와 헤어져 집으로 돌아올 때, 남자친구와 사랑을 나눈 후 그가 잠들었을 때, 문득 혼자인 것을 깨닫고 벅차오르는 순간이 있다.

"아, 이제 혼자다."

물론 소란 속에서 분리되었기에, 소속감에서 막 빠져나왔기에 더 절절히 느껴지는 감정이고 감촉이겠지만 가끔은 이렇게 혼자를 좋아하는 내가 조금 걱정이 된다.

각박한 현실이 준 피로감 때문인지 외로움을 즐기는 나의 선천적 성격 탓인지는 잘 모르겠지만, 어느 순간부터 내 안의 많은 사람을 담아두기에는 공간이 자꾸만 부족해진다.

때론 나도 모르게 '넘어오지 마!'라는 무서운 표정을 짓게 된다.

아무도 아무것도 내게 다가오지 말라고.

이건 더 이상 공허해지기 싫은 두려움에서 나온 방어 기제일까?

3/   관계 네트워크

우리는 매일 바쁘다는 이유로 오래된 친구들에게 연락하지 못하면서도 깊은 관계에 갈증을 느끼고, 매일 사람들과 치열하게 부딪치면서도 새로운 관계를 만들어 나간다. 그리고 어떤 관계는 '관심'이란 나사를 조이지 않으면 금방 느슨해져 버리고 만다.

나 역시 이런 인간관계의 룰은 깨우친 지 오래지만, 가끔은 내 안의 관계를 정돈할 필요가 있다고 느낀다. 하루하루 성실히 구축해 놓은 관계들 때문에 정작 필요할 때는 중요한 '선線'을 찾지 못해 매번 꼬이고 엉켜버리기에.

분명 내 안에는 이미 고장 나 버린 선도 있을 것이고, 당장 충전이 필요한 선도 있을 테며, 방금 새로 들어와 위치를 찾지

못해 머뭇거리는 선도 있을 것이다. 그러니 당장 정리가 필요
하다. 누구도 아닌 나를 위해서.

그리고 이것은 마음이 더 견고한 하드디스크를 갖기 위해 꼭
필요한 작업일 것이다.

여기서 중요한 건, 정리된 선에는 미련 두지 않을 것! 나도
이미 누군가에겐 정리된 사람일 테니…. 우리는 그저 물건도
사람과의 관계도 버리는 게 더 익숙한 시대에 살고 있을 뿐이
니 말이다.

전자제품뿐 아니라 인간관계의 문제점 역시
어느 날 예고도 없이 고장 난다는 것이다.

4/   대체 불가한 진심

요즘 '랜선 친구'라는 말을 많이 쓴다. 랜선 친구란 모바일이나 SNS 같이 랜(LAN)선을 타고 가볍게 친구 행세를 하는 사람을 지칭하는데, 그 말은 즉 우리가 가상의 이름으로 가볍게 누군가를 대신한다는 뜻이다.

물론 이런 현상에 편리한 점도 많다. 하지만 그 편리함을 얻기 위해 잃은 것 또한 많은데 잃은 걸 체감하기엔 세상은 지나치게 빨리 돌아간다. 전자제품은 로딩만 버벅거려도 즉각 새 제품으로 교체되는 세상이 아닌가.

앞으로 세상의 시간은 더욱 빨라질 것이다. 불편을 불편이라 느낄 새도 없이 다른 것으로 대체될 것이고, 어쩌면 저 '랜선'이란 단어조차 내일이면 없을지도 모른다. 그리고 이제는 더 나아가서 사람마저도 기계로 대체되는 세상이 조금 두렵다. 진짜 인간으로서 조금 서글퍼지기도 하고.

그러니 이 상황을 위해 우리가 대비해야 할 건 아마도 각자의 '진심'을 지키는 일 아닐까? 아무리 정교한 기계라도 진심까지 빚어내기란 어려울 테니 말이다.

정말이지 내 진심만은 기계에게 대체당하고 싶지 않다.

생각해보면 컴퓨터가 없던 시절에 우리는 특별히 불편함을 느끼지 못했다. 그건 그것대로 분명 즐거웠던 시절이었을 것이다.

5／　　사치와 어른

　사치하는 여자는 아니라고 자신하면서도 막상 "사치가 뭔데?"라고 물으면 답이 궁해진다. 그러면서 자연스레 화장대 위에 있는 향수'들'이 떠올랐다.

　나는 향수를 좋아하는 마음을 뛰어넘어 조금 집착까지 하는 편이다. 좋은 향을 맡으면 거칠었던 기분도 선한 결로 변한다. 그러다 보니 화장대 위에 립스틱 보다 향수 개수가 더 많다.

　향수란 단어에 배어있는 호사스러움은 어른만이 가질 수 있는 특권이라고 생각한다.

　겨울에는 차가운 냉기 속에서도 이성의 호기심을 자극할 만한 우드 머스크 향이 어울리고, 여름에는 피부 끝에 가볍게 맴도는 싱그러운 플로럴 향 혹은 베르가모트Bergamotte 향이 좋다.

그리고 후각은 인간의 오감 중 시각과 청각보다 더 본능적인 감각이라 아무래도 몸에 뿌리는 것 이상의 의미가 노골적으로 드러날 수밖에 없다. 이렇게 중요하게 생각하다 보니 향수를 계절마다 하나씩은 사는 것 같다.

그러나 참으로 난감하게도 이렇게 중요하게 생각하는 걸 외출할 때마다 깜박해 "아차! 향수 안 뿌렸다" 말하며 급하게 향수 가게로 달려가 덥석 새 향수를 사버리고 만다.

새로운 향수를 뿌리고 거리로 나설 때면 '아, 무사히 어른이 되어 다행이야'라고, '그러니 이 정도 사치쯤은 눈감아 주지 뭐'하고 대충 생각해 버린다.

6 / 하이힐

곤원하면서도 몸이 받아들이지 못해 포기한 것이 바로 하이 힐이다.

청바지에는 스틸레토 힐이라든지, 슬링백은 섹시한 검정이 진리라든지. 누가 묻지 않아도 구두 종류와 어울리는 스타일까 지 밤새 이야기할 수 있을 만큼 좋아하는데 말이다.

내 발은 칼발과 평발의 콤보 스타일이라 하이힐을 신고는 한 시간도 못 버틴다. 게다가 위험하다. 파인 바닥에 힐이 걸려 유 난히 잘 넘어진다. 실제로도 발가락이 두 번이나 부러졌다.

그래도 좋아하는 마음을 어쩌지 못해 나는 쇼윈도 앞을 서성 이고 또 구두를 사며, 또 넘어지고, 결국 다시 부러진다. 이쯤 되면 발 모양 탓도 있지만 내 성격도 한몫 하는 듯하다.

나는 원래 '위험'이 포함되어있는 것들을 좋아한다. 위험한 물건이어야 갖고 싶은 마음이 생기고, 위험한 사람이어야 알고 싶은 투지가 생기는 이상한 스타일이다.

"조심해. 그 사람 위험해."

"그래?"

라고 말한 내 얼굴에 화색이 도는 걸 느낀다. 예전에는 이런 말도 들었다.

"너는 남들이 다 말리는 결혼을 할 것 같아."

아마 하이힐을 좋아하는 이유도 나의 이런 성격 탓인 듯싶다.

하지만 어쩌겠는가, 위험을 떠인을 각오 정도는 되어 있어야 좋아한다고 말할 수 있는 게 인생 아닌가!

…응? 아니야? 아닌가.

얼마 전 구둣가게에 들어가 아이보리색 키튼힐 롱부츠를 샀다.
나쁜 짓을 한 것도 아닌데 왠지 가슴이 두근거렸다.

7/   비키니

나는 스무 살 때부터 지금까지 새해엔 매년 버킷리스트를 적는다.

스물한 살엔 타투를 새겼고, 스물다섯엔 분홍색 머리를 했으며, 서른 살엔 비키니를 적었다. 사실 비키니는 매년 첫 번째로 적었던 복근 만들기가 지켜지지 않아 서른 살까지 끌게 된 것이지만.

정말이지 복근은 원한다고 쉬이 얻어지는 게 아니라고 생각한다.

실제로 한 설문조사에서 '살 빼기 가장 힘든 부위는 어딘가?'라는 질문에 대다수가 '복부'라고 응답한 인터뷰도 보았다. 뭐 이런 이유로 나는 서른 살에 비키니를 처음 입어보았다.

비키니를 입기 위한 피나는 노력은 말로 설명하기조차 힘들다.

러닝머신 위를 죽어라 달리며 비키니를 입는 건 이번이 처음이자 마지막 일 거라고 단언했지만 사실 마음속으로는 비키니를 동경하고 있었다.

왜냐하면 비키니에는 몸매뿐만 아니라 노력, 인내, 성취감도 담겨 있으니까.

그리고 정말 며칠 뒤, 비키니를 입고 수영장으로 향하던 내 발걸음. 발끝에서부터 전해오는 짜릿한 당당함은 결코 잃고 싶지 않았다.

이제는 매년 여름이 오면 「비키니 착용 구간」 을 만들어 또다시 러닝머신 위를 달리고 있는 걸 보면 아무래도 비키니란 단어가 주는 묘한 자신감에 푹 빠져버린 것 같다.

올해는 미처 복근을 준비하지 못했습니다.

비키니는 준비했는데 말이죠.

8/   신용카드

"할부 하시겠습니까? 6개월 무이자 할부가 가능하세요."

이런 말을 들으면 간혹 "날 뭘 믿고 그렇게 해준다는 거예요?" 라고 따져 묻고 싶어진다. 벌써부터 위기감에 쫓기는 것이다.

"저는 책임감도 없고 수입도 불안정하며 셈도 약해요. 또 뭐든 흐지부지해서 나조차도 나를 신뢰할 수가 없죠. 하물며 내일 콱 죽어버릴지도 몰라요. 그럼 그땐 이 물건 값은 어떻게 해요?"

나의 무성無聲의 객기에도 점원은 못 들은 척 내가 산 물건을 예쁘게 포장하고 있다. 신용카드만 준다면 그것으로 충분하다는 것이다.

눈앞에 있는 오늘 처음 본 여자가 제시한 기간 안에 값을 다

치를지, 계절이 두 번 바뀌어도 여전히 명세서에서 이 가게 이름을 발견하고 치를 떨지, 정말 영영 못 갚을지 아무것도 모르면서.

나 같은 사람을 신뢰하다니 이상한 사람이네, 라고 생각하면서도 나는 동시에 그 신뢰에 보답하고 싶어진다. 이는 아주 모순되지만 방금 막 처음 본 나를 믿어준 것 같은 고마움에.

그리고 이런 내 모습을 신용카드는 멀리서 태연하게 보고 있다. '몰랐어? 내 능력이 이 정도야.' 눈빛이 무척 허세스럽다. 하지만 오늘도 그 허세에 의지하고 만다. 이점 역시 모순이지만.

결국 예쁘게 포장된 물건을 건네받으며, "이 물건 값은 반드시 치를게요. 믿고 기다려줘요"라고 또다시 무성으로 말하고는 나 역시 잘 포장된 미소를 지으며 상점 밖을 나온다.

신용카드는 가계 경제에 악영향을 줍니다. 할부 기간이 6개월이
넘어가야 하는 물건은 삼고초려 하시는 게 좋아요. 꼭!

9/   약속

대체로 집에 있는 걸 좋아한다. 먼저 약속을 잘 잡는 편도 아니다. 그런데도 약속이 생길 때면 묘하게 떨리고 생기가 넘친다. 그날 입을 옷을 미리 사기도 하고 그러는 동안 머릿속으로는 신발과 헤어스타일을 결정한다.

약속에 따라 조금씩 다르긴 하지만 화장에 품을 들이고 좋아하는 향수를 뿌리면서 만날 사람, 섞일 공기, 나눌 대화를 상상하면 아직 내가 사회에 속해있구나, 하는 안도감이 든다.

가끔 아이라인이 짝짝이가 된 나를 보며 '에잇, 그냥 나가지 말까?' 잠시 망설일 때도 있지만 대체로는 준비된 나를 보여주고 싶다는 설렘과 함께 집을 나선다.

수비학(數祕學)에서

11:11은 우연의 일치를 의미한다.

이와 비슷한 맥락으로 시간을 볼 때

때마침 11시 11분이면

누군가 나를 생각하고 있는 것이라 여긴다.

우리는 이렇게 친구든, 애인이든, 가족이든

나를 우연이라도 떠올려 주기를 하고 계속해 바란다

10 / 장신구

몸에 걸치는 것 대부분은 구속의 힘이 있다. 그래서인시 나는 유독 장신구를 답답해한다.

스카프와 목걸이는 왠지 목줄 같아서 하고 있으면, 왜 우리 집 강아지가 산책 가기 전 뒷걸음질부터 치는지 알 것도 같고. 브래지어는 벌써 현관 앞에서 벗어던질 준비를 하거나 특히 양말, 사랑할 땐 아무리 급해도 양말은 꼭 벗는다. 나에게는 양말과 브래지어조차 장신구 같아 답답하다.

그러면서도 외출할 땐 브래지어 후크를 채우고, 귀걸이를 치렁치렁 늘어트리고, 목걸이까지 이중 삼중 걸고 있는 나를 보면 왠지 말 잘 듣는 강아지 같아. 괜스레 꼬리뼈를 확인한다.

꼬리까지 흔들고 있으면 곤란하니까.

대체로 장신구란 치장할 때 자주 쓰이는 걸 보면, 볼품없는 나를 가리고 싶기 때문일까 아니면 장신구를 많이 할수록 상대방에게 잘 보이고 싶다는 호감의 신호일까, 그것도 아니면 단순히 타인에게는 구속을 허용한다는 뜻일까.

　뭐 이유가 어찌 되었든, 장신구로 치장하고 호감 있는 사람을 만나고 돌아오는 날조차 현관 앞에선 브래지어를 벗어던질 준비를 하고 있으니,

　장신구가 가진 이 어마어마한 구속의 힘을 나로선 어쩔 도리가 없다.

11 / 잭나이프

난 이상하게 남자가 단것을 같이 먹어줄 때 설렌다. 이건 어떤 심리일까?

그리고 나는 귀찮게도 항상 단것을 먹을 땐 나이프가 필요했다. 유난히 이빨이 작은 탓에 사탕은 꼭 부숴 먹어야 하고, 과일은 딱딱한 걸 좋아해 한입에 베어 먹기보다는 잘게 잘라먹어야 했다.

내가 사랑한 남자는 늘 소형 잭나이프를 지니고 다녔다. 아니, 사실 위기 때마다 잭나이프를 꺼내던 남자를 사랑하게 되었던 것 같다. 새 구두에 물집 잡힐 걸 대비해 지갑에 일회용 밴드를 넣어 다니는 것보다, 추위를 많이 타는 나를 위해 차에 담요를 두는 것보다 훨씬 로맨틱하고 사랑스럽게 느껴졌다.

아무튼 나는 잭나이프를 지닌 그에게 푹 빠졌다. 그는 내가 단것을 먹을 때마다 맥가이버처럼 "짠" 하고 잘라주었다. 그러니 그를 만날 때마다 설렐 수밖에.

혼자 여행을 떠났다가 돌아온 날. 그에게 달려가 반짝이는 은색 잭나이프를 건네며 이렇게 말했다. "다른 어떤 것도 필요 없으니 곁에 있어줘. 삶의 달콤한 순간 내 앞에 나타나줘. 마치 이 잭나이프처럼."

나 버리고 가지마.

어렸을 적부터 기다리는 걸 잘 못했다.
기다리면 불안하고, 불안하다 무서워지고,
그러다보면 모든 안 좋은 상상까지 하게 되니깐.

어렸을 적부터 버리는 걸 잘 못했다.
예전에 불고 난 생일 초까지
버리지 못하고 집으로 가져온 적이 있다.

그래서 나는 사람사이의 관계에서도
버리는 것보단 버려지는 쪽을 택했다.

왜 이렇게 된 건지.
어렸을 적 어떤 기억이 도대체 날 이렇게 만든 건지
물을 데도 없는 나는,

오늘도 기다린다는 말을 하려다 입술을 다물고,
결국 아무것도 버리지 못하고
다시 너를 내 마음 안으로 가져온다.

12/   방房

나는 대체적으로 어두운 곳을 좋아한다. 구체적으로는 어둠으로 둘러싸인 '방'을 좋아한다. 잠들기 전 혹은 졸리기 전보다 훨씬 더 일찍 방으로 들어가 불을 끄고 침대에 눕는다.

그럼 방 안에 있는 사물들은 낮 동안 저장해 놓은 빛을 뿜어내 듯 서서히 묘한 색을 띠며 밝아진다. 잊고 있던 물건마저도 불이 꺼지는 순간― 이렇듯 자신의 존재를 부각시키니, 오히려 어둠 속에서 사물이 더욱 분명하게 존재하는 느낌이다.

그리고 이 느낌은 뭐랄까, 혼자가 아닌 듯한 기분을 들게 한달까? 그럼 나는 이 감정을 더욱 확실히 끌어안고 싶어져 어둠에 싸인 몸으로 어둠에 대항하는 것들을 향해 두 팔을 벌린다. 한없이 애틋한 눈으로.

이렇게 어둠 속에서 머무적거리다 스르르 눈을 감으면 '돌아
와야 할 곳에 제대로 돌아왔구나'하는 안도가 또 한 번 내 몸을
감싼다.

가끔은 나만을 위한 캄캄한 동굴이 있었으면 좋겠다.
상처 난 날에는 그 속에서 가만히 몸을 웅크리고
잠이란 연고를 바를 수 있게.

13/   비밀공간

온종일 혼자 집에서 책을 읽은 날에는 마음의 부피가 늘어닌 것 같아 기분이 좋아진다. 마음속 가장 비밀스러운 공간부터 차곡차곡 채워지는 기분. 그리고 채워지는 것이 누군가 써 놓은 감정이라고 생각하면 작은 희열까지도 느껴진다. 그럼 곁에 있던 속마음은,

"애초부터 네가 숨지 않았다면, 이런 비밀스러운 공간이 생길 일도 없었어."

라며 단호한 목소리로 날 나무란다.

"나도 알아."

나는 인정하면서도 동시에,

"하지만 이 공간이 나를 비호해주기 때문에 어쩔 수 없어. 나뿐만 아니라 누구나 마음속에 비밀의 방 하나쯤은 있잖아. 묵

직한 열쇠를 꽂아 여러 번 돌려야지 열 수 있는 그런 곳 말이야. 그리고 그곳의 인테리어는 내 본래의 모습과 가장 비슷해. 그래서 나는 그곳에서 편히 쉴 수 있고, 기운도 차릴 수 있고, 다시 용기랑 함께 밖으로 나올 수 있는 거라고……."

라며 소심하게 반박한다. 그럼 또 속마음은,

"그런 방이 여러 개 있다면 사람들은 무서워서 아무도 우리 집에 놀러 오려고 하지 않을걸?"

"그래 맞아. 그래서 노력해. 다시 밖으로 나가 사람들의 마음과 마주하려고 말이야, 분명 그들의 이야기 속에도 숨어있는 감정이 있거든? 그럼 그들의 이야기를 듣는 거야. 마치 책을 읽듯 천천히."

나는 잠시 하던 말을 멈추고 속마음의 표정을 살폈다. 아직도 영 모르겠다는 얼굴이다.

"그러니까 다시 말해서 우리가 비밀의 방에 머무는 건 다시 밖으로 나오기 위해서야. 내 마음에 새로이 누군가를 초대하기 위해서라고. 넌 나라면서 내가 무슨 말하는지 정말 모르겠어?"

"당최 뭔 소리인지."

"휴, 넌 속마음이니깐 그냥 내가 시키는 대로 해. 너도 무서워서 숨어있는 주제에 이러쿵저러쿵 따지지 말라고."

14/   내가 겁내는 건, 오로지 지구 온난화뿐이야

 매일 폭염경보가 울리는 무더운 여름날이었다.

 티브이에서는 더위가 재난에 속하느냐 안 속하느냐를 두고,
전기 누진세의 완화를 두고 다양한 분야의 사람들이 나와 신경
전 중이었다.

 저 사람들은 왜 지구에 폭염이 온 건지 정확히 알고는 있는
걸까? 평소 환경문제에 관심이 있던 나는 지금 이 무더위는 누
진세 감면으로 해결될 게 아니야, 라고 생각하면서도 그들 말
에 귀를 기울이며 보고 있는데, 갑자기 엄마가 턱―하고 선풍
기를 끄더니 "더워서 도저히 안 되겠다, 영화관에나 가자"라고
말했다. 엄마가 영화관에 가는 건 자주 있는 일이 아니라 나는
무척 놀라며 돌아봤다.

 엄마는 시원해 보이는 반팔 반바지 차림에 한 손에는 카디건

을 들고 서 있었다. 영화를 보다 보면 슬금슬금 추워지니 챙겨
야 한단다. 나는 티브이를 계속 보고 싶었지만 불평하지 않고
일어났다. 엄마 말대로 영화관은 추울 정도로 시원하니 집보다
는 나을 것이기 때문이다.

　우리는 집 근처 영화관 지하주차장에 차를 세우고 내렸다.
내려 보니 내 발밑에 잠자리 한 마리가 있었다. 한 발만 더 떼
었으면 밟을 뻔 하여 놀랐다.
　자세히 보니 이 녀석도 밖이 꽤나 더웠는지 이곳으로 피서를
온 듯싶었다. 살아있으나 움직이진 않았다. 나는 두 날개를 집
어 차에 치이지 않게 조금 구석진 곳에 놓아주고는 영화를 보
러 올라갔다.

　엄마 말대로 영화관 안에 있으니 정말 몸이 슬금슬금 시원해
졌다. 영화 마지막 즈음에는 시원하다 못해 시베리아 빙하 위
에서 빔프로젝터를 쏘며 보고 있는 것 같은 느낌마저 들었다.
　그렇게 영화가 끝나고 한기가 가득 배인 몸으로 주차장에 돌
아와 아까 그 잠자리가 잘 있는지 가보니, 죽어있었다. 건드려
보아도 움직이질 않았다.
　나는 내가 그런 게 아닌데도 마치 내가 그런 것처럼 마음이
불편해졌다. 어쩌면 아까 이 잠자리를 구할 수 있었을지도 모
를 일이었다.
　축 처진 기분이 되어 나는 엄마 몰래 죽은 잠자리를 봉투에

담았다. 삼시 뒤 잠자리를 집 앞 화단에다가 묻어 주었다. 조금 있으니 무덤 주변으로 개미들이 우왕좌왕 몰려들었다. 어쩌면 개미 밥이 될지 모르나, 무덤이 주차장인 것보다야 낫지 않겠냐고, 이쪽이 훨씬 더 너에게 자연스럽지 않겠냐고 위로했다.

위로가 잠자리를 향한 것인지 나를 향한 것인지는 잘 모르겠지만…….

집으로 돌아와 휴대전화로 잠자리 수명에 대해 검색해보았다. 적게는 한 달 길게는 삼 개월, 종류에 따라 더 사는 종도 있다고 하는데. 그 잠자리는 삼 개월은 다 살아 본 것일까? 죽을 때가 되어서 가족이 보지 못하게 그곳으로 숨어든 것일까. 아니면 기나긴 폭염에 어린 잠자리가 멋도 모르고 주차장으로 들어왔다가 차에 치여 삶을 마감한 것일까.

티브이에선 또 아까와 다른 사람들이 아까와 똑같은 이야기를 늘어놓고 있었다.

폭염에 아픈 건 사람만이 아닌데, 나는 애도의 심정으로 채널을 돌렸다. 아까와는 다르게 보고 싶은 마음이 들지 않았다.

폭염이 불편한 건 비단 사람만이 아니다.

지구가 열이 나 아파하니 지구 안에 모든 생명이 힘을 잃는다. 꽃도 나무도 안 보이는 바람도, 당연히 이 작은 개미며 잠자리도 모두 다 말이다.

물론 잠자리 한 마리쯤 없어진다고 해서 인생을 살아가는데 불편한 점 하나 발견하지 못하겠지만. 앞으로 잠자리 수백 마리쯤, 나무 수천 그루쯤, 꽃 수백만 송이쯤 죽일 수 있는 게 어쩌면 나일지도 모르겠다고 생각하니 나 자신이 끔찍해졌다.

맞다. 나부터도 아무것도 안 하고 있어서 지구가 이렇게 되었을 것이다. 사실상 무시무시하게 생각했던 지구의 종말조차 내가 앞당길지도 모른다. 나의 무자비한 행동 하나하나에.

오늘만 하더라도 난 냉기가 과한 에어컨 앞을 찾아갔고, 마른 목을 축이기 위해 아무렇지도 않게 플라스틱 컵에 커피를 마셨고, 겨우 걸어서 십분 거리의 영화관에 차를 끌고 갔으니 말이다.

어쩌면 미래에는 깨끗한 공기와 상큼한 날씨를 사기 위해선 번호표를 받고 밤을 새워 기다려야 할지도 모른다. 그런 순간순간에도 새치기를 해가며 자기가 더 좋은 공기를 갖겠다고 염치없는 사람들이 속출할지 모른다. 그렇게 우리는 지구를 아프게 한 죗값을 받고 있을지도 모른다.

나무는 마음이 너덜니덜해 졌을 때 날 위로해 주었고,

꽃은 내가 바라보지 않아도 항상 날 보며 미소 짓고 있었는데

그런 존재를 잃어버린다는 건 생각만으로도 너무 슬픈 일 아닌가.

15/   그녀의 대하여

우리 집 강아지 이름은 '백뽀송'이다. 성별은 여자고 성(姓)은 엄마 쪽을 따랐다. 엄마가 수원 백씨다. 실제로도 수원에 사는 친구가 선물해준 강아지니 그녀와 내가 만난 건 어쩌면 운명일지도 모른다.

다들 그녀를 처음 보면 보드라운 하얀 털과 하늘로 쫑긋하게 솟은 귀를 보며 "어머, 토끼 같아!"라며 입을 모아 감탄한다. 하지만 그녀는 세상에 하나뿐인 믹스견이다.

이런 그녀에게 '뽀송'이라는 이름을 붙여준 건 그녀 본인인데, 그녀가 처음 우리 집에 온 날, 당시 태어난 지 두 달쯤 되었을 때 다양한 이름으로 불러 보아도 아무런 반응이 없었다.

그저 바닥에 철퍼덕 엎드려 쿨쿨 잠만 잤다. 그 모습이 꼭 이불에서 빠져나온 솜뭉치 같았다. 그녀의 털은 가볍고 부드럽고 멀리서 봐도 윤기가 난다. 나는 그런 그녀를 바라보며 동생에게

"그런데 쟤 되게 뽀송뽀송하다. 그치?"

라고 말하자. 잠만 자던 그녀가 두 귀를 쫑긋 세우며 갑자기 벌떡 일어났다.

"어, 왜 그러지?"

동생이 놀라 물었다. 나는 그녀가 쌍비읍에 반응하는 거라 생각해 한 번 더 "뽀송"하고 불러보았다. 그랬더니 이번에는 꼬리를 살랑살랑 흔들며 내게로 다가왔다. 그 모습이 마치 '응. 그렇게 불러줘'라고 말하는 것 같았다.

그날 이후 우리는 그녀를 '뽀송'이라고 부르기 시작했다. 아니 그녀가 그렇게 부르도록 허락한 것이다.

그리고 이렇게 자유분방한 그녀와 같이 산지도 햇수로 팔 년이 되었다. 팔 년을 함께 하다 보니 알게 모르게 닮아 가는데 다행인 건 그녀가 배울 점이 많은 강아지라는 것이다.

우선 그녀의 가장 큰 장점이자 특기는 바로 '모르는 척'이다. 일단 강아지라면 90%는 한다는 앉아! 일어서! 손! 기다려! 이런 것은 전혀 하지 못한다. 사실 못하는 것이 아니라 안 하는 것이다. 어느 대목에서 알 수 있냐면 '밥, 산책, 간식, 사과' 본인이 좋아하는 건 기가 막히게 빨리 알아듣는다.

두 번째는 그녀의 느긋함이다.

먹고 싶은 만큼 먹고, 자고 싶을 땐 자고, '산책 가자!' 하면 천천히 기지개를 켜며 절대 재촉하지 않는다. 가히 칭찬해주고 싶은 매력이 아닐 수 없다.

그리고 무엇보다 그녀는 사람에게 의지하지만 사람에게 기대지는 않는다는 것이다.

이렇게 배울 점 많은 그녀와 나는 오늘도 산책을 나간다. 그녀의 산책용 목걸이는 노란색이고 줄은 초록색인데 양쪽 다 하얗고 보드라운 털과 잘 어울린다.

"어, 저기 미애 씨다!"

나는 그녀에게 말을 건다. 아, 여기서 그녀는 '미애'씨다. 한동네 사는 미애 씨는 토이푸들을 닮았는데, 나는 강아지와 함께 살면서부터 자꾸만 사람을 개에 비유하는 버릇이 생겼다. 아무튼 미애씨는 항상 곱슬머리를 부스스하게 풀어헤치고, 둥그런 안경 안으로 비치는 눈동자가 아주 까맣고 투명하다.

"미애 씨!"

"아이쿠. 뽀송이구나."

미애 씨는 날 보고도 그녀에게 먼저 인사한다. 미애 씨는 강아지를 무척 좋아한다. 문제는 그녀가 미애 씨를 별로 좋아하지 않는다는 것이지만, 그녀는 미애 씨의 반가움을 못 본 척 화단에 코를 처박고 풀 냄새만 맡고 있다. 나는 그녀의 목줄을 조금 뒤로 당기면서 미애 씨가 앉아있는 벤치 쪽으로 갔다.

"날이 덥네요."

"그러네요. 오늘도 산책 중이에요?"

"네. 피코는요?"

피코는 미애 씨의 강아지로 놀라운 건 정말로 자신과 꼭 닮은 갈색 푸들을 키운다는 것이다. 맹세코 이렇게 주인과 똑 닮은 강아지는 처음 본다.

그러나저러나 피코는 지금 미용 중이란다. 내가 미애 씨를 알게 된 건 피코가 그녀와 같은 미용실을 다니고 있어서인데, 며칠 전에도 보니 미용사를 붙잡고는 그림까지 그려가며 피코의 동그란 머리 스타일을 강조하고 계셨다. 대체로 우왕좌왕한 헤어스타일을 갖고 있는 그녀와 내가 보기에는 이해하기 조금 어려웠지만……

그녀가 이제 화단을 마구 파고 있어 우리는 대화를 마치고 다시 길을 나섰다. 앞서 걷던 그녀가 호숫가로 가는 횡단보도를 건넜다. 오늘은 그녀가 멀리 가고 싶은가 보다. 나는 그녀를 대할 때만 나오는 애교 섞인 목소리로 "같이 가자"라고 말하며 뒤따라간다.

우리는 그렇게 서로의 손을 꼭 잡고(실제로는 목줄을 꼭 잡고), 길 건너 호숫가로 향한다. 뒤에서 본 그녀의 꼬리가 오늘따라 유난히 기운이 넘친다.

강아지는 언젠가 죽는다. 죽음에 순서는 없다지만 별 탈이 없다면 아마 나보다 그녀가 먼저 죽을 것이다. 이렇게 당연하게 같이 걷던 그녀가 어느 날 자연스럽게 내 곁에 있지 않을 것이다. 나는 그걸 아는데…, 그녀는 또 그것을 모르는 척 하며 기운차게 나아가는 모습에 그만 또 감동하고 만다. 역시 '모르는 척'은 그녀의 가장 큰 장점이라 생각하면서.

16 / 　　　낯선 것들과 친해진다는 건

　이 아파트로 이사 온 지는 삼 년이 조금 넘었다.

　봄이면 동네에 벚꽃이 흐드러지게 피고, 여름에는 맥주를 마
실 수 있는 나무 테이블이 그늘진 곳마다 놓여있고, 가을이면
주택가 주변으로 종종 프리마켓이 열려 흥미롭지만 강 근처라
겨울바람은 아주 매서운 동네다.

　동네가 이렇다는 걸 알게 된 지는 일 년쯤 되었다. 대부분의
생활을 집에서 하기 시작하면서 부터니. 그전에는 왕복 네 시
간 거리에 있는 사무실에 늦지 않게 출근하기 위해 새벽에 나
와야 했고, 일의 특성상 밤늦게나 돌아올 수 있는 직장에 다니
고 있었다.

　그러다 보니 동네를 둘러볼 시간도 하물며 봄, 여름, 가을,
겨울로 나누어 한가로이 계절의 추이를 지켜볼 여유도 없었다.

이제 와서 알게 된 것이지만, 네 번의 계절변화를 겪는다는 건 그만큼 감정도 섬세해질 수밖에 없다고 생각한다.

아, 물론 이건 고마운 일이다.

집 안에서의 생활은 주로 강아지의 집사일, 엄마 대신 집안일, 그리고 틈틈이 글 쓰는 일로 나뉜다. 우리 집은 나 빼고 모두 일찍 출근하다 보니 깨어나 보면 아무도 없다. 그럼 나는 곧바로 화장실로 가 세수를 하고, 그 안에 있는 강아지 배변 판을 새것으로 갈아주고, 강아지 밥을 챙겨주고는 그제서야 나도 아침밥을 간단하게 차려 먹는다.

그런 다음 커피 머신에서 커피를 내리고 익숙하게 화분에 물을 준다. 처음에는 이 대목에서 주금 낯설었다. 우리 집에 화분이 이렇게나 많은지 몰랐다. 어렸을 적 양파 키우기 숙제가 결국 엄마 몫이 되었다면, 지금은 엄마가 사다 놓은 식물들이 자연스레 내 몫이 되었다. 큰 나무에 물을 주는 날에는 정말이지 커피가 다 식어있을 정도다. 그리고 보다시피 이 생활은 대체적으로 평화롭지만 조금은 외롭다.

하루 종일 혼자 집에 있다 보면 따분해진 마음이 충동적인 일을 하고 싶어 하는데, 그럴 때마다 강아지와 산책을 나간다. 강아지는 어찌 보면 핑계고 실은 나를 달래주러 나가는 것이다. 다행히 산책 가는 것만으로도 소풍 갈 때처럼 설레고 가슴이 두근거린다.

그래서인지 나는 비 오는 날이 싫다. 비가 주는 폐쇄감이 말이다. 나가기 싫어서 안 나가는 것과 비가 와서 못 나가는 것은 몹시 큰 차이니깐. 하지만 뭐 복잡한 여자답게 비온 뒤에 산책하는 건 두 배로 즐겁다. 다 씻겨 내려간 곳에서 풍기는 비 내음은 동네를 더욱 상쾌하고 선명하게 만든다. 그런 또렷해진 세상과 마주하면 기분까지 만족스럽다. 그리고 이런 나의 다양한 기분과 감정의 변화를 지켜볼 때면, 예전에 집 밖에서 아무것도 느끼지 못하며 살았을 때가 있었다는 사실이 사뭇 놀랍다.

이제는 절감하는 계절의 움직임, 화분과 친해지는 시간, 여분의 산책이 없는 삶은 감히 상상할 수조차 없다. 그런 곳에서는 작가로서도 하물며 사람으로서도 잘 살 수 없을 것 같아 상상만으로도 온몸이 오싹해진다.

그러니 지금 이 순간이 물론 뒤따라오는 상념들까지 끌어안아야 가능한 일이겠지만, 이 격변하는 동네에서 데면데면했던 나와 친해지는 이 모든 순간들이 내 가장 깨끗한 곳 어딘가에 보관되고 있기를, 하며 매일 바랜다.

이대로

예전에 도쿄의 한 커피숍에서
아메리카노만 파는 걸 보았다.
다른 음료나 디저트 종류 하나 없이
메뉴판에는 오로지 아메리카노만 적혀있었다.

부러웠다. 무엇을 더 보태지 않는 저 자신감이
문득 나도 되고 싶었다.

이런저런 꾸밈말을 적어두지 않아도
나 하나로 인정받을 수 있는 그런 사람이.

엄마 오랜만이에요.

엄마에게 편지 쓰는 건 몇 년 만일까요? 기억도 나지 않을 만큼 오래된 것 같아서 죄송한 마음을 담아 인사해요.

저는 지금 도쿄에 있습니다. 가쿠라자카[神楽坂]라는 언덕길이 많은 동네인데 대체로 조용하고 친절해요. 아, 이 동네는 일층에 라면 가게가 있는 건물이 많아요. 엄마는 제가 라면 먹는 걸 싫어해서 자주 나무라셨죠. 그래도 계속 라면만 먹으니 엄마가 어디선가 쌀라면과 채소라면 같은 건강에 좋은 라면을 사오셨던 일이 생각나네요.

여기서도 마치 엄마의 목소리 들리는 것 같아 건강에 좋은 라면을 찾아 먹고 있어요. 건강에 좋은 라면이 뭐야? 라고 물으신다면 할 말은 궁해지겠지만요.

혹시 걱정할까 봐 미리 말하면 돈은 부족하지 않아요. 잘 먹고 있고요. 그렇지만 몸은 조금 힘들어요. 그럴 때마다 집이 그리워지고요. 이상하죠? 그토록 집 밖을 나오고 싶어 했는데 왜 계속 집을 그리워할까요.

하지만 엄마! 저 여기서 즐거웠어요. 이곳에 있던 모든 일이 말이에요.

어제는 게스트 하우스에서 한 남자를 만나 그와 데이트를 했어요. 중국 남자인데 한국말을 꽤 잘해서 놀랐죠. 그리고 미용실에도 갔어요. 너무 놀라지는 말아요. 바뀐 건 없으니 긴 머리가 단발이 된 정도? 하하하.

아 맞다. 며칠 전에는 부동산 앞을 서성거리니(이 나라 부동산은 장난감 가게처럼 귀엽거든요), 주인이 나와 내게 어울리는 집을 추천해 주는 거예요. 그래서 떠날 사람이 아닌 척하며 오랫동안 집을 골랐어요. 웃기죠?

이렇게 웃는 일이 많았던 날에는 잠도 잘 자요. 한참을 웃고 나면, 왜 그런지 슬픔도 웃음과 다르지 않은 것 같아요. 무슨 말이냐면요.

슬픔도 웃음과 마찬가지로 언젠가는 사라질 테니까 그냥 다 헛헛하고 나른해진 달까요?

엄마 이제 그만 잘래요. 엄마가 해준 말처럼 여기 있는 건 돌아가면 없으니 잘 돌보다 갈게요.

혼자보다 둘이서 보는 경치가 아름답다는 걸 알면서도, 잘 알면서도 이번에도 혼자 와서 정말 죄송해요. 그럼 또 편지할게요.

사랑하는 엄마 안녕.

『어른이 되긴 싫고』가 나오고 벌써 일 년 반 남짓 되었네요. 아마 앞으로 새로운 책은 점점 더 늦어지겠죠. 저에게는 계속해 성장된 글을 보여드려야 할 의무가 있으니까요. '글'만큼은 조금 느리더라도 계속 성장하는 작가이고 싶습니다.

저의 세 번째 책 『집에만 있긴 싫고』는 픽션일 가능성도 있지만, 논픽션에 가능성도 있어 제 자신도 뭐라 정의해야 할지 잘 모르겠습니다. 이유는 어쨌든 글이란 지나고 나서야 비로소 종이 위에 그려낼 수 있으니까요. 에세이는 특히나 더욱 그렇고요. 중요한 건 마음 안과 밖 그 사이를 부유하다가 저의 내면을 통과하고 나왔다는 것입니다.

여기에 써 있는 글 역시 이미 지나간 이야기입니다. 하지만 또 바람처럼 살다 보면 어느 순간 다시 내 곁에 와 있을 이야기죠. 집 안에서도 집 밖에서도 길들여지지 못했다면 우리는 시시

각각 불행하고 또 행복할 것입니다.

오늘은 금요일이고, 무더위가 한풀 꺾였고, 집 안으로 난 두 개의 창문으로 맞바람이 쳐 시원합니다.

지금 저는 떠날 짐을 꾸리고 있습니다. 이 책이 나올 때쯤에는 '밖'에서 생활하고 있을 거예요.

여전히 '안'을 그리워하고 있을 나와 함께 말이죠.

초판 1쇄 발행 2019년 05월 03일

지은이 장혜현
커버이미지 이규태 (@kokooma_)
발행인 정영욱

책임편집 김 철 | **편집자** 정소연 | **도서기획제작팀** 김 철 신하영 여태현 김태은 정영주 정소연
디자인·마케팅팀 유채원 홍채은 김은지 김진희

펴낸곳 (주)BOOKRUM | **주 소** 서울특별시 구로구 구로동 237 지하이시티 1813호
전 화 070-5138-9972~3 (도서기획제작팀) | **이메일** editor@bookrum.co.kr
홈페이지 www.bookrum.co.kr | **인스타그램** bookrum.official
포스트 http://post.naver.com/s2mfairy | **블로그** http://blog.naver.com/s2mfairy

ISBN : 979-11-6214-279-0

ⓒ 장혜현, 2019